NARUTO SHIPPUDEN

De la 5e à la 4e

LE CAHIER DE VACANCES

Aurore Meyer

SOMMAIRE

Français

Maths

LES CLASSES DE MOTS

Petit rappel de cours

- Certains mots changent en genre et en nombre, ils sont variables.

Le verbe	Les noms	L'adjectif qualificatif	Le déterminant	Le pronom
Il s'accorde avec le sujet. EXEMPLE : Naruto est un ninja.	Les noms communs ont un genre. EXEMPLES : un ninja, des adversaires… Les noms propres sont invariables. EXEMPLES : Naruto, le Japon…	Il apporte une précision au nom. EXEMPLE : la ville endormie	Il s'accorde avec le nom qu'il accompagne. EXEMPLES : le défi, sa fille, des ninjas…	Il permet d'éviter les répétitions. EXEMPLES : je, tu, il, le mien, le tien…

Les mots **invariables** ne changent ni en genre ni en nombre.

Les adverbes	Les prépositions	Les conjonctions de coordination	Les conjonctions de subordination	Les interjections	Les onomatopées
EXEMPLES : encore, longtemps…	EXEMPLES : à, dans, par, pour, en, avec, sans…	EXEMPLES : mais, ou, et, donc, or, ni, car	EXEMPLES : qui, que, si, parce que…	EXEMPLES : Zut ! Aïe ! Chouette !	EXEMPLES : Plouf ! Paf ! Grr…

1 Entoure les mots invariables.

aigu	aiguille	vraiment
palmier	après	belle-mère
lorsque	donc	avancer
mienne	guitariste	ninja

2 Classe les mots soulignés dans le tableau.

a. Naruto attend son tour.
b. Il nous servit des ramen.
c. La pluie tombe fort aujourd'hui.
d. Nous aimons les entraînements.
e. Je suis arrivée devant lui.
f. Ton shuriken est plus solide.
g. Je suis ravi pour toi.
h. Tu es à la maison.

Groupe nominal	
Verbe	
Nom propre	
Adverbe	
Adjectif qualificatif	
Pronoms	
Déterminant (article)	
Déterminant (possessif)	

3 Complète les phrases avec la conjonction de subordination qui convient : *afin que, parce qu', avant que, que, pendant que.*

a. Hier soir, Naruto était content .... il avait mangé des ramen.

b. J'aimerais .... tu te rendes compte de ses efforts.

c. Kakashi est arrivé .... la pluie se mette à tomber.

d. Naruto viendra demain .... Sakura le voie.

e. Sakura s'est beaucoup entraînée .... Naruto se reposait.

4 Indique la classe grammaticale des mots.

a. Sakura → ....

b. ennuyant → ....

c. apprentissage → ....

d. vont → ....

e. zut → ....

f. trop → ....

LES OPÉRATIONS SUR LES NOMBRES DÉCIMAUX

Petit rappel de cours

- Pour **additionner** ou **soustraire** des nombres décimaux, il faut aligner les unités sous les unités, les dizaines sous les dizaines et les virgules sous les virgules.
- Pour **multiplier** deux nombres décimaux, on effectue la multiplication sans tenir compte des virgules, puis on compte le nombre de chiffres présents après la virgule.
  Ici, il y en a quatre : on place donc la virgule en laissant quatre chiffres après.
- Pour **diviser** un nombre décimal, on divise la partie entière du dividende, puis on passe à la partie décimale.
  On place alors une virgule au quotient.

4 chiffres après la virgule

		1,	3	4	1
×				2,	2
		2	6	8	2
	2	6	8	2	0
	2,	9	5	0	2

3 2 7, 6	4 3
2 6 6	7, 6
8	

❶ Pose et effectue ces additions.

a. 27,89 + 65,42 = b. 123,789 + 456,89 = c. 88,4 + 16,7 =

27,89
+ 65,42
93,31

❷ Pose et effectue ces multiplications.

a. 6,7 × 5,6 = b. 11,1 × 3,6 = c. 3,72 × 4,2 =

❸ Pose et effectue ces soustractions.

a. 324,5 – 76,9 = b. 567,890 – 43,879 = c. 67,2 – 34,1 =

❹ Calcule ces divisions :

a. 1 1 8, 4 | 8

b. 6 7, 5 | 3

c. 9 6, 3 | 9

PRÉFIXES ET SUFFIXES

Petit rappel de cours

Les préfixes	Les suffixes
Les préfixes se situent **avant le radical** et changent le sens des mots. EXEMPLES : re- = à nouveau → renaissance a- ou an- = absence de → analphabète trans- = à travers → transpirer in-, im- devant m, b, p → inséparable, impraticable il- devant l = contraire → illisible ir- devant r → irréprochable, irrégulier	Les suffixes se situent **après le radical** et changent la classe grammaticale des mots. EXEMPLES : -ais, -ois, -ien = habitant d'un lieu → Français -esse = qualité → gentillesse -ment = manière → faiblement -able ou -ible = capacité → lisible, mangeable

1 Emploie un préfixe pour dire le contraire.

a. mobile → ....

b. pair → ....

c. réversible → ....

d. chanceux → ....

e. obéissant → ....

f. normal → ....

2 Relie les préfixes à leur sens.

a. hémi- •	• À nouveau
b. hyper- •	• Demi
c. pré- •	• Au-dessus
d. re- •	• Avant

3 Forme des noms à partir de ces adjectifs en ajoutant des suffixes.

a. clair → ....

b. gentil → ....

c. modeste → ....

d. sensible → ....

e. raide → ....

f. humain → ....

g. dense → ....

h. facile → ....

4 Trouve le préfixe, le radical et le suffixe des mots suivants.

EXEMPLE : ensoleillement = en-soleil-lement

a. immangeable = ...-..........-..........

b. intraveineuse = ...-..........-..........

c. incompréhensible = ...-..........-..........

d. ralentissement = ...-..........-..........

e. dérangement = ...-..........-..........

LES NOMBRES PREMIERS : MULTIPLES ET DIVISEURS

Petit rappel de cours

- Un **nombre premier** est un nombre entier qui n'admet que deux diviseurs : 1 et lui-même.
  5 est un nombre premier, mais 4 ne l'est pas car il est divisible par 1, 2 et lui-même.

Un nombre entier est divisible par...	Si
2	le chiffre des unités est 0, 2, 4, 6 ou 8.
5	le chiffre des unités est 0 ou 5.
10	le chiffre des unités est 0.
4	les deux derniers chiffres sont multiples de 4.
3	la somme de ses chiffres est un multiple de 3.
9	la somme de ses chiffres est un multiple de 9.

- Un nombre entier est multiple d'un autre nombre entier si le reste de la division est nul (= 0). 32 est un multiple de 8 car $32 = 8 \times 4$. Il n'y a pas de reste.
- On peut décomposer les nombres en **facteurs premiers**.
  $120 = 12 \times 10 = 6 \times 2 \times 2 \times 5 = 3 \times 2 \times 2 \times 2 \times 5$

1 Retrouve parmi ces nombres les deux nombres premiers.

12 19 32 90 28 324 97 99 85

2 Les nombres suivants sont-ils divisibles ? Écris « oui » ou « non » dans les cases.

Le nombre est divisible par...	2	4	5	9
2 018				
601				
840				
648				

3 Donne la décomposition en facteurs premiers des nombres suivants.

a. 25 = ...

b. 63 = ...

c. 240 = ...

d. 300 = ...

4 Avec une égalité, prouve que les nombres suivants sont divisibles.
EXEMPLE : 225 est divisible par 3 car $3 \times 75 = 225$.

a. 270 est divisible par 6 car ....

b. 48 est divisible par 4 car ....

c. 456 est divisible par 6 car ....

SYNONYMES ET ANTONYMES

Petit rappel de cours

Les synonymes	Les antonymes
Ils désignent des mots différents qui ont le même sens ou un sens proche. Leur classe grammaticale est identique. EXEMPLE : gentil et aimable	Ils désignent des mots qui ont un sens contraire. Leur classe grammaticale est identique. EXEMPLE : entendant et malentendant

1 Relie chaque mot à son antonyme.

montée •	• beauté
paisible •	• descente
exquis •	• difficilement
aisément •	• facile
difficile •	• infect
clair •	• sombre
laideur •	• turbulent

2 Donne l'antonyme de chacun de ces mots.

a. amis → e.......................

b. gentiment → m...............

c. acheter → v ....

d. accuser → d ....

e. fermeture → o ....

f. dernier → p ....

3 Trouve l'intrus dans chaque colonne de synonymes.

heureux	hardiesse	saler	résistance
content	audace	manger	robustesse
joyeux	faiblesse	consommer	apparence
aimable	culot	ingérer	fermeté
comblé	bravoure	absorber	solidité

4 Donne le synonyme de chacun de ces mots.

a. plaisanterie → b...............

b. avoir → p ....

c. faute → e ....

d. rapidité → v ....

e. svelte → m......................

f. sangloter → p...................

LES PRIORITÉS DE CALCULS

Petit rappel de cours

- Dans un calcul qui ne comporte que des additions ou des multiplications, on peut changer l'ordre des termes.
  $3 + 2 + 4 = 4 + 2 + 3 = 9$
- Dans un calcul qui comporte des additions et des soustractions, on effectue les opérations de gauche à droite.
  $3 - 1 + 4 = 2 + 4 = 6$
- Dans un calcul qui comporte des multiplications et des divisions, on effectue les opérations de gauche à droite.
  $30 \div 10 \times 4 = 3 \times 4 = 12$
- Dans un calcul comprenant toutes les opérations, on effectue d'abord les multiplications et les divisions.
  $3 \times 2 - 6 \div 2 = 6 - 3 = 3$
- Dans un calcul qui comporte des parenthèses, on effectue d'abord les calculs entre parenthèses.
  $(9 - 2) \times 3 = 7 \times 3 = 21$
- Des parenthèses peuvent être emboîtées. On calcule en premier les opérations entre parenthèses.
  $3 \times [5 + 1 \times (6 - 4)]$
  $= 3 \times [5 + 1 \times 2]$
  $= 3 \times [5 + 2]$
  $= 3 \times 7$
  $= 21$

1 Aide Naruto à effectuer les calculs.

a. $46 - 12 + 3 =$ ....

b. $4 + 71 + 2 - 7 =$ ....

c. $76 - 34 + 2 =$ ....

d. $8 + 123 - 21 + 2 =$ ....

2 Aide Sakura à effectuer les calculs.

a. $12 \times 5 \div 3 =$ ....

b. $7 \times 9 \div 2 =$ ....

c. $35 - 48 \div 3 =$ ....

d. $36 - 3 + 2 \times 5 =$ ....

3 Aide Sasuke à effectuer les calculs.

a. $(2 + 6) \times 4 =$ ....

b. $5 + (6 - 3) =$ ....

c. $(8 + 2) \times (6 - 1) =$ ....

d. $2 + (9 - 2) + 3 + (7 - 1) =$ ....

4 Peux-tu relever le défi et effectuer les calculs avec les parenthèses emboîtées ?

a. $3 \times [11 - 9 \div (6 - 3)] + 7$

$=$ ....

....

....

b. $50 - [2 \times (36 - 4 \times 4)$
$+ (8 - 2) - 3 \times 6]$

$=$ ....

....

....

FRANÇAIS

LE NOM ET LE GROUPE NOMINAL

Petit rappel de cours

- On compose un **groupe nominal** avec un **déterminant** et un **nom**.
  EXEMPLE : le ninja
- Un **adjectif** peut être ajouté avant le **nom**.
  EXEMPLE : le gentil ninja
- Un **adjectif** peut être ajouté après le **nom**.
  EXEMPLE : le ninja gentil
- Le **nom** peut être complété de plusieurs **adjectifs**.
  EXEMPLE : le gentil et jeune ninja
- Le **nom** reste le **noyau** du groupe nominal, c'est le mot le plus important.

Tous les mots du groupe nominal s'accordent avec le mot noyau.

EXEMPLES : le gentil ninja, les gentilles combattantes

1 Souligne le nom propre de la phrase.

Le bâtiment de la banque qui se situe à Konoha a été cambriolé.

2 Souligne les noms communs de chaque phrase.

a. Naruto a de beaux cheveux blonds, tandis que Sakura a une chevelure rose et lisse.

b. La grande salle accueille les jeunes élèves.

c. Le prévoyant et prudent jeune homme dégage une bonne impression.

3 Construis des groupes nominaux en suivant la consigne : déterminant + nom + adjectif. Change de déterminant et d'adjectif à chaque fois !

a. ninja → ....

b. visage → ....

c. démon → ....

d. lame → ....

4 Entoure les groupes nominaux et souligne le nom noyau.

a. Le joli village est à une heure d'ici.

b. Le combattant sauvage sort de sa réserve.

c. De longues minutes se sont écoulées.

d. Leur bandeau de combat est intact.

e. La grande salle inoccupée servira de lieu de rassemblement.

f. Un rapide aperçu de la situation nous donne des indications précises.

g. Nos merveilleux et inoubliables souvenirs ne s'effaceront jamais.

LES NOMBRES RELATIFS : UTILISER, COMPARER

Petit rappel de cours

- Les nombres **supérieurs ou égaux à zéro** sont appelés **nombres positifs.**
- Les nombres **inférieurs ou égaux à zéro** sont appelés **nombres négatifs.**
- Zéro est le seul nombre à la fois positif et négatif.
- Deux nombres relatifs qui ont des signes contraires et qui ont la même distance à zéro sont appelés **nombres opposés.** EXEMPLE : **–8 et +8**
- Un nombre relatif inférieur à zéro est toujours inférieur à un nombre positif.
- Pour comparer deux nombres négatifs, le plus petit est celui qui a une distance plus grande par rapport à zéro. EXEMPLE : **–7 < –3**

1 Sakura et Naruto font une bataille de nombres. Entoure en bleu les nombres négatifs pour Sakura et en rouge les nombres positifs pour Naruto.

3,2 $\frac{2}{3}$ –2,1 $\frac{27}{5}$ +13 3,1 $-\frac{1}{2}$ –8 98,243

2 Complète le tableau avec les opposés de chaque nombre.

2			7	10,76			102
	–3,7	–5,25			–32,4	–76	

3 Compare les nombres relatifs avec < ou >.

a. –3,2 3,2
b. 2 .... –1
c. 0,02 0,01
d. 3,07 3,7
e. 5 .... –3
f. – 8,2 .... –7,2
g. –1 6,75
h. 0,002 0,1
i. –2,1 .... –1,2
j. –3,788 .... –3,78

4 Range les nombres suivants dans l'ordre croissant.

22,1 –32,1 2,31 –2,31 3,21 –3,12

....

L'ACCORD SUJET/VERBE

Petit rappel de cours

Le **sujet** est celui qui **commande le verbe**, celui qui **fait l'action**. Il est généralement placé avant le verbe. Le sujet peut être :

- un **groupe nominal** ou un **nom propre**.
  EXEMPLES : **Le chien** mange. / **Médor** mange.
- un **verbe à l'infinitif**. EXEMPLE : **Courir** est bon pour la santé.
- un **pronom**. EXEMPLES : **Il** neige. / **Ceci** me désole.
- une **proposition subordonnée**.
  EXEMPLE : **Ce que tu fais** ne m'intéresse pas.

1 Relie chaque sujet au groupe verbal qui lui correspond.

a. Toi et lui	• •	sont venues devant l'entrée.
b. Naruto, le meilleur ninja,	• •	qui combattons les premiers.
c. Les deux filles	• •	n'était toujours pas arrivé.
d. Ce sont les adversaires et moi	• •	êtes amis pour la vie.

2 Les mots soulignés sont-ils les sujets des verbes ? Coche la bonne réponse.

	Oui	Non
a. Le démon de Naruto a neuf queues.	☐	☐
b. Tout est bien qui finit bien.	☐	☐
c. Naruto et Sakura vont venir rapidement.	☐	☐
d. Cela fait dix minutes que je te parle.	☐	☐

3 Conjugue avec le sujet proposé.

a. Je suis parti de l'association. → Vous .... de l'association.

b. Je cueille une fleur. → Ils .... une fleur.

c. Vous contemplez le paysage. → Tu .... le paysage.

d. Tu les libères après le combat. → Nous les .... après le combat.

e. Elles ne veulent rien savoir. → Je ne .... rien savoir.

LES NOMBRES RELATIFS : ADDITIONNER, SOUSTRAIRE

Petit rappel de cours

- **Pour ajouter deux nombres relatifs de même signe**, on conserve ce signe et on additionne les deux nombres.
  (+2) + (+3) = +5 (−2) + (−3) = −5
- **Pour ajouter deux nombres relatifs de signes opposés,** on conserve le signe du plus grand nombre relatif et on calcule la différence entre les deux nombres.

(−2) + (+3) =	(− 3) + (+2) =
3 > 2 donc on garde le +	3 > 2 donc on garde le −
+3 − 2 = + 1	− 3 + 2 = − 1

- **Pour soustraire un nombre négatif**, on ajoute l'opposé.

(+3) − (−2)	(−3) − (−2)
= +3 + 2	= −3 + 2
= 5	= − 1

1 Effectue les additions suivantes.

a. (−3) + (−2) = ...

b. (+7) + (+3) = ...

c. (+6) + (−2) = ...

d. (+10) + (−12) = ...

e. (+2,3) + (+1,2) = ...

f. (+3,7) + (−1,5) = ...

g. (+8) + (−8) = ...

h. (−2,7) + (−2,1) = ...

i. (−3,4) + (+2) = ...

2 Sur chaque ligne, transforme la soustraction en addition.

EXEMPLE : (−7) − (−1) = (−7) + 1

a. (−12) − (−12) = ...

b. (+6) − (−2) = ...

c. (+21) − (−6) = ...

d. (+21) − (+12) = ...

3 Effectue les soustractions suivantes.

a. (−3) − (−2) = ...

b. (+7) − (+3) = ...

c. (+12) − (−2) = ...

d. (+11) − (−2) = ...

e. (+3,6) − (−2,5) = ...

f. (+18) − (−18) = ...

g. (−1,7) − (−1,1) = ...

h. (−4,4) − (+1) = ...

4 Résous ces calculs de nombres relatifs.

a. (−7) + (−6) + (−2) − (+7) − (−2) = ...

b. (+12) − (−1) − (−2) + (+11) + (−6) = ...

c. (+6) − (+3) − (+6) − (−8) − (+2) = ...

L'ACCORD ADJECTIF/NOM

Petit rappel de cours

- L'**adjectif** s'accorde **en genre et en nombre** avec le **nom** auquel il se rapporte.
- Le plus souvent, l'adjectif prend un -**s** final au pluriel.
  Ceux qui finissent par **-eau** prennent un -**x** au pluriel. EXEMPLE : de beaux ninjas
  Ceux qui finissent par **-al** finissent par **-aux** au pluriel, sauf banal, bancal, naval…
  Les adjectifs qui finissent déjà par un -**s** ou un -**x** ne changent pas. EXEMPLE : un gros chat
- Le plus souvent, l'adjectif prend un -**e** final au féminin.
  EXEMPLE : un grand garçon, une grande fille
  Parfois, certains adjectifs ne changent pas.
  EXEMPLE : un garçon timide, une fille timide
  Mais les marques du féminin peuvent être très différentes.
  EXEMPLE : un ninja gentil, une ninja gentille

1 Souligne les adjectifs.

a. La vaillante Sakura a terminé son long apprentissage de ninja hier.

b. Le nouveau membre de l'équipe 7 est enfin arrivé.

c. Stop ! Je me sens vraiment impuissant face à toi.

d. Tu veux te venger rapidement de ton ancien maître car tu as trop souffert.

2 À partir des noms suivants, forme l'adjectif au masculin puis l'adjectif au féminin.

a. malheur → .... → ....

b. guerre → .... → ....

c. silence → .... → ....

d. crainte → .... → ....

3 Entoure tous les adjectifs qui ne changent pas au féminin.

pittoresque	muet	moyen
farceur	légendaire	coquin
favori	rose	malicieux
spécifique	maléfique	grand
bon	attendrissant	courageux

4 À partir des noms suivants, forme l'adjectif au masculin puis l'adjectif au féminin.

a. Chine → .... → ....

b. Québec → .... → ....

c. Roumanie → .... → ....

LES FRACTIONS : COMPRENDRE, SIMPLIFIER, COMPARER

Petit rappel de cours

- Une **fraction** est une écriture de la forme $\frac{a}{b}$, où a et b sont des nombres entiers (b ≠ 0).
  $27 = \frac{27}{1}$ $3{,}2 = \frac{32}{10}$
- On peut simplifier une fraction en trouvant un **numérateur** et un **dénominateur** plus petits.
  $\frac{12}{18} = \frac{2 \times 6}{3 \times 6} = \frac{2}{3}$
- On peut comparer deux fractions qui ont le même dénominateur. La plus grande est celle qui possède le plus grand numérateur.
  $\frac{15}{21} > \frac{12}{21}$ **car 15 > 12**
- On peut comparer deux fractions qui ont le même numérateur. La plus grande est celle qui possède le plus petit dénominateur.
  $\frac{15}{21} < \frac{15}{12}$ **car 21 > 12**
- On peut comparer deux fractions qui n'ont pas le même dénominateur en les réduisant au même dénominateur.
  $\frac{3}{8}$ et $\frac{7}{11}$ n'ont pas le même dénominateur.
  $\frac{3 \times 11}{8 \times 11} = \frac{33}{88}$ $\frac{7 \times 8}{11 \times 8} = \frac{56}{88}$ $\frac{33}{88} < \frac{56}{88}$, **alors** $\frac{3}{8} < \frac{7}{11}$

1 Complète les égalités suivantes.

a. $\frac{3}{8} = \frac{\dots}{16}$

b. $\frac{1}{8} = \frac{\dots}{24}$

c. $\frac{3}{7} = \frac{\dots}{49}$

d. $\frac{2}{10} = \frac{\dots}{40}$

e. $24 = \frac{\dots}{1} = \frac{\dots}{3}$

f. $\frac{4}{5} = \frac{\dots}{25}$

2 Naruto et Orochimaru se livrent une bataille sans merci. Compare leurs fractions.

a. $\frac{3}{12}$ ..... $\frac{5}{12}$

b. $\frac{25}{34}$ ..... $\frac{24}{34}$

c. $\frac{1}{4}$ ..... $\frac{2}{8}$

d. $\frac{42}{5}$ ..... $\frac{37}{100}$

3 Entoure les fractions que tu ne peux pas simplifier.

$\frac{3}{4}$ $\frac{15}{13}$ $\frac{27}{12}$ $\frac{28}{21}$ $\frac{2}{60}$ $\frac{8}{11}$ $\frac{7}{77}$

4 Simplifie au maximum les fractions.

a. $\frac{27}{30} = \frac{\dots}{\dots}$

b. $\frac{30}{55} = \frac{\dots}{\dots}$

c. $\frac{12}{14} = \frac{\dots}{\dots}$

d. $\frac{63}{14} = \frac{\dots}{\dots}$

e. $\frac{88}{11} = \frac{\dots}{\dots}$

f. $\frac{32}{64} = \frac{\dots}{\dots}$

LES DÉTERMINANTS

Petit rappel de cours

Les **déterminants** servent à déterminer le nom. Ils s'accordent en genre et en nombre avec le nom qu'ils accompagnent.

Les articles :

- indéfinis : un, une, des
- définis : le, la, l', les
- définis contractés : au, du, aux, des
- partitifs : du, de la

Les déterminants :

- possessifs : mon, ton, son, ma, ta, sa, mes, tes, ses, notre, votre, leur, nos, vos, leurs
- démonstratifs : ce, cet, cette, ces
- exclamatifs (ou interrogatifs) : quel, quelle, quels, quelles
- indéfinis : quelque, autre, plusieurs, chacun, tout, certains…
- numéraux : cinq, mille, cent…

1 Aide Naruto à indiquer à quelle catégorie appartiennent les déterminants suivants.

a. aucun → ....

b. cette → ....

c. trente-deux → ....

d. votre → ....

e. au → ....

2 Écris le déterminant démonstratif qui convient devant chaque nom ou groupe nominal.

a. .... adversaire impitoyable

b. .... techniques de combat

c. .... nouveau petit chemin

d. .... petits pois dans .... soupe

3 Complète avec le déterminant exclamatif ou interrogatif qui convient.

a. .... combat magnifique !

b. .... objectifs te reste-t-il à atteindre ?

c. De .... aventures parles-tu ?

d. .... expérience nouvelle !

4 Aide Rock Lee à savoir si le mot « du » de ces phrases est un article défini contracté ou un article partitif.

a. C'est la bonne technique **du** ninja. → ....

b. Il a **du** courage. → ....

c. Il a eu **du** mal à le faire. → ....

d. Il mange **du** pain. → ....

e. Il parle **du** temps qu'il va faire. → ....

LES FRACTIONS : ENCADRER, ADDITIONNER, SOUSTRAIRE

MATHS

Petit rappel de cours

On peut encadrer une fraction entre deux nombres entiers.

- **Quand le dénominateur est supérieur au numérateur**, la fraction est inférieure à 1. $0 < \frac{2}{3} < 1$
- **Quand le numérateur est supérieur au dénominateur**, la fraction est supérieure à 1. $\frac{3}{2} > 1$
- **Pour encadrer une fraction**, il faut chercher, dans la table de multiplication du dénominateur, les deux multiples qui encadrent le numérateur.
  Prenons $\frac{21}{4}$. Dans la table de multiplication de 4, 21 est compris entre 20 et 24 ($4 \times 5 = 20$ et $4 \times 6 = 24$). On peut donc écrire : $4 < \frac{21}{4} < 5$
- **On peut additionner ou soustraire deux fractions qui ont le même dénominateur** en additionnant ou en soustrayant leurs numérateurs.
  $\frac{15}{21} + \frac{12}{21} = \frac{27}{21}$ $\frac{15}{21} - \frac{12}{21} = \frac{3}{21}$
- **On peut additionner ou soustraire deux fractions qui n'ont pas le même dénominateur** en leur trouvant un dénominateur commun et en additionnant ou en soustrayant leurs numérateurs.

$$\frac{3}{4} + \frac{1}{2} = \frac{3 \times 2}{4 \times 2} + \frac{1 \times 4}{2 \times 4} = \frac{6}{8} + \frac{4}{8} = \frac{10}{8}$$

$$\frac{3}{4} - \frac{1}{2} = \frac{3 \times 2}{4 \times 2} - \frac{1 \times 4}{2 \times 4} = \frac{6}{8} - \frac{4}{8} = \frac{2}{8}$$

1 Encadre les fractions entre deux nombres entiers consécutifs.

a. .... $< \frac{19}{2} <$ ....

b. .... $< \frac{1}{8} <$ ....

c. .... $< \frac{65}{8} <$ ....

d. .... $< \frac{43}{6} <$ ....

2 Trouve le dénominateur commun pour soustraire ces fractions.

a. $\frac{7}{9} - \frac{1}{3} = \frac{...}{...} - \frac{...}{...} = \frac{...}{...}$

b. $8 - \frac{5}{4} = \frac{...}{...} - \frac{...}{...} = \frac{...}{...}$

c. $\frac{4}{7} - \frac{6}{77} = \frac{...}{...} - \frac{...}{...} = \frac{...}{...}$

d. $\frac{5}{6} - \frac{3}{7} = \frac{...}{...} - \frac{...}{...} = \frac{...}{...}$

3 Aide Tenten à effectuer ces calculs.

a. $\frac{5}{12} + \frac{6}{12} = \frac{...}{...}$

b. $\frac{2}{8} + \frac{8}{8} = \frac{...}{...}$

c. $\frac{2}{9} + \frac{4}{9} = \frac{...}{...}$

d. $\frac{12}{13} - \frac{6}{13} = \frac{...}{...}$

e. $\frac{42}{67} - \frac{21}{67} = \frac{...}{...}$

f. $\frac{98}{100} - \frac{56}{100} = \frac{...}{...}$

4 Trouve le dénominateur commun pour additionner ces fractions.

a. $\frac{6}{25} + \frac{4}{5} = \frac{...}{...} + \frac{...}{...} = \frac{...}{...}$

b. $\frac{2}{3} + \frac{4}{7} = \frac{...}{...} + \frac{...}{...} = \frac{...}{...}$

c. $\frac{11}{3} + \frac{13}{20} = \frac{...}{...} + \frac{...}{...} = \frac{...}{...}$

d. $\frac{11}{31} + \frac{1}{4} = \frac{...}{...} + \frac{...}{...} = \frac{...}{...}$

LES PRONOMS

Petit rappel de cours

Les **pronoms** permettent de remplacer le nom ou le groupe nominal.

EXEMPLE : **L'entraînement de Naruto s'est bien passé.**

→ **Il s'est bien passé.**

- **Pronoms personnels sujets :** je, tu, il, elle, on, nous, vous, ils, elles
- **Pronoms personnels compléments :** me, m', moi, te, t', toi, le, la, l', lui, se, s', soi, nous, vous, les, leur, elles, eux, se
- **Pronoms relatifs :** qui, que, dont, où
- **Pronoms interrogatifs :** Qui ? Quel ? Quelle ? Que ? Lequel ? Laquelle ?
- **Pronoms démonstratifs :** celle, celui, celles, ceux, celui-ci, celle-là…
- **Pronoms possessifs :** le mien, le tien, le sien, le leur, le nôtre, le vôtre, les leurs
- **Pronoms indéfinis :** quelqu'un, d'autres, plusieurs, quelque chose…

1 Remplace les mots soulignés par le pronom personnel qui convient.

a. <u>Le petit jardin</u> est tout encombré.
→ ……………………………

b. <u>Sakura et son amie</u> sont allées au marché.
→ ……………………………

c. <u>Kakashi</u> apprécie <u>le moment</u>. → ……………………………………………

d. <u>Sasuke</u> montre <u>les bandeaux</u> à son adversaire.
→ ……………………………………………

2 Écris le pronom possessif qui convient.

a. Sont-elles les amies de Naruto ?
Oui, ce sont …………………………… .

b. S'agit-il du shuriken de Sakura et Naruto ?
Oui, c'est …………………………… .

c. Est-ce que ce sont tes adversaires ?
Oui, ce sont …………………………… .

d. Est-ce que c'est la mère de ta sœur et toi ?
Oui, c'est …………………………… .

3 Complète les phrases avec le pronom relatif qui convient.

a. L'adversaire …… tu m'as parlé m'impressionne beaucoup.

b. La ninja …… m'accompagne se prénomme Sakura.

c. Le bandeau …… chaque ninja porte est d'une couleur différente.

d. La technique …… Naruto choisit est toujours incroyable.

e. Le lieu …… Naruto doit se rendre est tenu secret.

4 Complète les phrases avec le pronom interrogatif adéquat.

a. …… voulez-vous faire demain ?

b. …… va affronter Sakura la semaine prochaine ?

c. Parmi ces équipes, …………… préfères-tu ?

d. Naruto est parti de mauvaise humeur : …… lui avez-vous dit ?

e. J'hésite entre ces deux biscuits : ……………… goûterais-tu ?

L'ÉCRITURE LITTÉRALE

Petit rappel de cours

- Une **expression littérale** est un calcul qui contient une ou plusieurs lettres. Ces lettres désignent des nombres. On remplace chaque lettre par une valeur donnée.

  Dans $5x^2 - 2x + 1$, x a toujours la même valeur.

  $3 \times x$ peut s'écrire $3x$. **$x \times y$ peut s'écrire xy.**

  $2 \times (x + 1)$ peut s'écrire $2(x + 1)$. **$y \times y = y^2$** **$y \times y \times y = y^3$**

- Une égalité peut contenir des expressions littérales. On cherche à la vérifier par des valeurs numériques.

On veut tester :	On veut tester :
$x + 6 = 2x + 2$ avec $x = 4$	$x + 6 = 2x + 2$ avec $x = 2$
On remplace x par 4 :	On remplace x par 2 :
$4 + 6 = 2 \times 4 + 2$	$2 + 6 = 2 \times 2 + 2$
$10 = 10$	$8 = 6$
L'égalité est vraie.	L'égalité est fausse.

❶ Aide Kabuto à recopier les expressions suivantes en supprimant le signe × s'il est inutile.

a. $8 \times y =$ ....

b. $a \times 2 =$ ....

c. $2 \times \pi \times r =$ ....

d. $5 \times 7 =$ ....

❷ Aide Kakashi à simplifier ces expressions littérales.

a. $3 \times a + 5 - 3 =$ ....

b. $2 \times (y + 4) =$ ....

c. $x \times x + 2 \times 6 =$ ....

d. $y \times y \times 3 \times y =$ ....

❸ Écris les multiplications cachées.

a. $3x^2 =$ ....

b. $5a - b^3 =$ ....

c. $x^2 + y^2 =$ ....

d. $x^2 y^3 =$ ....

❹ Vérifie si les égalités sont vraies pour $x = 2$.

a. $x + 10 = 6x =$ ....

b. $5x - 4 = 2x + 2 =$ ....

c. $3x + 1 = x^2 - 1 =$ ....

d. $x - 1 + x^2 = 3x - 1 =$ ....

e. $3x + 3 = x - 7 =$ ....

LA PHRASE NÉGATIVE

Petit rappel de cours

- Une phrase peut être **affirmative** ou **négative**.
- À la forme négative **totale**, le verbe est encadré par les adverbes de négation : ne… pas, ne… plus, ne… jamais, ne… point, etc.
- À la forme négative **partielle**, un seul élément de la phrase est à la négation.

EXEMPLES : Personne n'est venu.
Aucun ne veut combattre.

1 **Entoure les négations et souligne la phrase qui n'est pas à la forme négative.**

a. Une personne n'est pas encore arrivée.

b. Elle n'a jamais vu le problème.

c. Autrefois, nous allions manger des ramen tous ensemble.

d. Pas moyen de résister !

2 **Aide Kakashi à transformer ces phrases à la forme négative.**

a. Tu manges toujours des ramen.
→ ……………………………………………

b. Arrête de rire ! → ……………………………

c. Dis-moi comment je dois m'entraîner.
→ ……………………………………………

d. Tu es mon héros. → ……………………………

e. Donne-lui des nouvelles. → ……………………

f. Tu attaches ton bandeau. → ……………………

3 **Aide Sakura à transformer ces phrases à la forme négative.**

a. J'ai vu quelqu'un ce matin. → ……………………
……………………………………………

b. J'ai pris tous les stylos. → ……………………
……………………………………………

c. Quelque chose me touche. → ……………………
……………………………………………

d. Il pleut toujours à cette période de l'année.
→ ……………………………………………

e. Je l'ai cherché partout. → ……………………
……………………………………………

LA DISTRIBUTIVITÉ

Petit rappel de cours

On dit que la multiplication est **distributive**, ce qui n'est pas le cas de l'addition ou de la soustraction.

$ax + bx = x \times (a+b) = x(a+b)$

On peut donc simplifier certaines expressions littérales de la façon suivante :

$4x + 2x = (4 + 2)x = 6x$

1 Distribue de deux façons.

EXEMPLE : $2 \times (8 + 2) = 2 \times 10 = 20$

$2 \times (8 + 2) = 2 \times 8 + 2 \times 2 = 16 + 4 = 20$

a. $3 \times (7 + 1) =$ ....

b. $30 \times (6 + 3) =$ ....

c. $11 \times (10 - 2) =$ ....

d. $(10 - 2) \times 4 =$ ....

2 Développe les expressions suivantes.

a. $x(2 + 7)$ ....

b. $3(a + 2)$ ....

c. $4(b - 1)$ ....

d. $6(3x + 2)$ ....

3 Calcule les expressions suivantes en n'effectuant qu'une seule multiplication.

a. $120 \times 3 + 120 \times 5 =$ ....

b. $11 \times 2 + 11 \times 4 =$ ....

c. $21 \times 45 - 21 \times 12 =$ ....

d. $7 \times 13 - 3 \times 13 =$ ....

4 Effectue les calculs, sachant que $x = 2$.

a. $x(5 + 7)$ ....

b. $2(x + 3)$ ....

c. $4(x - 2)$ ....

d. $8(2x + 2)$ ....

LES EXPANSIONS DU NOM

Petit rappel de cours

- Un **adjectif** peut être placé avant ou après le nom. Quand il fait partie du groupe nominal, on dit qu'il est **épithète**.
  EXEMPLE : le gentil petit ninja. → « gentil » et « petit » sont épithètes du nom « ninja ».
- L'adjectif peut être une **épithète détachée**. Il est alors séparé du groupe nominal par une virgule et peut être déplacé dans la phrase.
  EXEMPLE : Rusé, le ninja a relevé le défi.
- Le **complément du nom** suit le nom qu'il complète à l'aide d'une préposition : *à, dans, par, pour, en, vers, avec, de, sans, sous, sur*.
  EXEMPLE : le bandeau de Naruto
- Le **complément de l'antécédent** suit le nom qu'il complète à l'aide d'un pronom relatif : *qui, que, quoi, dont, où, lequel, duquel…*
  EXEMPLE : le bandeau que Naruto porte. → la subordonnée relative est le complément de l'antécédent « bandeau ».

1 Réécris les épithètes détachées entre parenthèses en les accordant.

a. (Inquiet) .... ,
Naruto et Sakura ont préféré partir.

b. (Agacé) .... ,
Sakura a quitté les lieux.

c. (Ébahi) .... ,
Sakura et ses amies sont restées sans voix.

d. (Orangé) .... ,
le soleil était sublime dans le ciel.

e. (Inondé) .... ,
la route n'a pas pu être empruntée.

2 Observe chaque phrase et indique si elle contient une épithète ou un complément du nom.

a. Je suis devenu un ninja puissant. → ....

b. Le voyage de Naruto s'est achevé la semaine dernière. → ....

c. La sortie à la campagne lui a fait le plus grand bien. → ....

d. Il a aperçu une maison à deux étages. → ....

3 Complète le complément du nom avec la préposition qui convient.

a. le combat .... mon ami

b. des poteries .... terre cuite

c. un yaourt .... boire

d. une douleur .... pieds

4 Réécris ces groupes nominaux en remplaçant l'adjectif par un complément du nom.

a. l'amour maternel → ....

b. le garde forestier → ....

c. une enquête policière → ....

d. une fête familiale → ....

e. l'accord parental → ....

LA PROPORTIONNALITÉ

MATHS

Petit rappel de cours

- **Deux grandeurs sont proportionnelles** si en multipliant ou en divisant les valeurs de l'une par le même nombre, on obtient les valeurs de l'autre.

Fruits (en kg)	8	16	80
Confitures (en kg)	1	2	10

(÷ 8) (× 8)

Ici, on dit que 8 est le coefficient de proportionnalité.
Pour vérifier que le tableau est proportionnel, on calcule les quotients :
$8 \div 1 = 8$ $16 \div 2 = 8$ $80 \div 10 = 8$
C'est bien un tableau de proportionnalité.

- Pour rechercher un quatrième nombre dans un tableau de proportionnalité quand on en connaît trois, on peut utiliser la **règle de 3** :

3	6
12	x

$x = \frac{6 \times 12}{3} = 24$

1 Observe ces tableaux et aide Naruto à déterminer si ce sont des tableaux de proportionnalité.

Tableau 1

Durée (en min)	20	30	40	60
Distance (en km)	1	1,5	2	3

....

....

Tableau 2

Nombre de combats	10	20	45	64
Nombre de ninjas	5	10	15	8

....

....

2 Trouve le nombre manquant dans chaque tableau. Utilise la règle de 3.

a.

3	4
21	...

b.

3	8,3
3,6	...

c.

12	1
...	4

d.

2	9
...	28,8

3 Calcule le coefficient de proportionnalité.

Fruits (en kg)	1	2	5
Confitures (en kg)	2	4	10

(...)

4 Complète le tableau pour qu'il devienne un tableau de proportionnalité. Quel est le coefficient de proportionnalité ?

8			23,25	33
32	36	60		

(...)

LES HOMOPHONES : ET/EST, SON/SONT, A/À

Petit rappel de cours

et ou est	on ou ont	son ou sont	a ou à
• **et :** conjonction de coordination. • **est :** verbe être conjugué à la 3e personne du singulier au présent.	• **on :** pronom personnel sujet. • **ont :** verbe avoir conjugué à la 3e personne du pluriel au présent.	• **son :** déterminant possessif. • **sont :** verbe être conjugué à la 3e personne du pluriel au présent.	• **à :** préposition. • **a :** verbe avoir conjugué à la 3e personne du singulier au présent.
Quelques conseils pour ne plus faire la faute !			
• Si tu peux remplacer par **ou bien**, écris **et**. • Si tu peux remplacer par **était**, écris **est**.	• Si tu peux remplacer par **il**, écris **on**. • Si tu peux remplacer par **avaient**, écris **ont**.	• Si tu peux remplacer par **mon**, écris **son**. • Si tu peux remplacer par **étaient**, écris **sont**.	• Si tu peux remplacer par **avait**, écris **a**. • Sinon, écris **à**.

1 Complète le texte avec et ou est.

Kakashi .... encore en retard ! Il .... arrivé avec Naruto, ... s'........ à peine excusé. Où .... -il, maintenant ? Il a dû oublier que Sakura .... moi l'attendions. .... ce n'........ pas la première fois !

2 Complète le texte avec on ou ont.

.... a attendu longtemps, mais ça en valait la peine. .... a été applaudi quand .... nous a vus. Les filles n'........ pas démérité : elles .... été formidables.

3 Complète le texte avec son ou sont.

Mais où .... -ils passés ? .... combat est à 11 h et ils ne .... toujours pas arrivés. .... binôme et .... entraîneur .... déjà sur le terrain !

4 Complète le texte avec a ou à.

Il .... du mal .... comprendre ce qui lui arrive. Il .... passé une mauvaise journée .... l'entraînement, puis il est rentré rapidement .... la maison. Il .... sûrement fait ce qu'il fallait .... ce moment-là, mais rien n'........ changé.

DÉFINIR UN POURCENTAGE

Petit rappel de cours

- Pour calculer x % d'une quantité, **on multiplie cette quantité par x et on divise par 100.**
- On peut associer un tableau de proportionnalité pour résoudre une question de pourcentage.

Nombre de ninjas victorieux	12	25
Nombre total de ninjas	48	100

Ici, 25 % des ninjas sont victorieux.

1 Vrai ou faux ? Coche la bonne réponse.

	Vrai	Faux
a. 2 % de 100, c'est 100.	☐	☐
b. 20 % de 100, c'est 20.	☐	☐
c. 25 % de 100, c'est un quart de 100.	☐	☐
d. La moitié de 100, c'est 20 % de 100.	☐	☐
e. 100 % de 100, c'est 100.	☐	☐

3 Complète ce tableau de proportionnalité et indique le pourcentage de filles parmi les ninjas.

Nombre de filles	4	
Nombre total de ninjas	40	100

4 Construis un tableau de proportionnalité. Suis les indications suivantes :

Dans une soupe de 20 cL, il y a 15 cL d'eau.
Dans une soupe de 100 cL, il y a 75 cL d'eau.
Puis détermine le pourcentage d'eau dans une soupe.

....

2 Complète les phrases. Suis l'exemple.

EXEMPLE : Calculer 0,70 de 27, c'est calculer 70 % de 27.

a. Calculer 0,20 de 43,
c'est calculer .... % de 43.

b. Calculer 0,10 de 89,
c'est calculer .... % de 89.

c. Calculer la moitié de 102,
c'est calculer .... % de 102.

d. Calculer un quart de 20,
c'est calculer .... % de 20.

LE COD ET LE COI

Petit rappel de cours

Le **complément d'objet** (CO) complète le verbe.

Le complément d'objet direct (COD)	Le complément d'objet indirect (COI)
• Souvent placé après le verbe, le COD est introduit sans préposition. On le trouve en posant la question « Qui ? » ou « Quoi ? » EXEMPLE : Je vois un ninja. Je vois qui ? Un ninja. = COD • On peut le remplacer par un pronom (*le, la, les*). Le COD se place alors devant le verbe. EXEMPLE : Je le vois. Je vois qui ? « Le », qui remplace « un ninja ». = COD	• Souvent placé après le verbe, il est introduit par une préposition (*à* ou *de*). On le trouve en posant la question « À qui ? », « De qui ? », « À quoi ? » ou « De quoi ? » EXEMPLE : Je pense à un combat. Je pense à quoi ? À un combat. = COI • On peut le remplacer par un pronom (*lui, leur, à eux, y, en*…). Le COI se place alors devant le verbe. EXEMPLE : J'y pense.

1 Souligne tous les COD et indique leur classe grammaticale.

a. Naruto veut gagner absolument.
→ ....

b. Je ne veux pas la voir aujourd'hui.
→ ....

c. Je donne des conseils à Naruto.
→ ....

d. Elles jettent leurs armes.
→ ....

2 Souligne tous les COI et indique leur classe grammaticale.

a. Il s'y est mis rapidement.
→ ....

b. Pense à tes amis !
→ ....

c. Fais attention à toi !
→ ....

d. Sakura parle à Naruto à voix basse.
→ ....

3 Souligne les compléments d'objet et détermine s'ils sont COD ou COI.

a. Ce combat attire de nombreux spectateurs. → ....
b. Chaque ninja se méfie de l'autre. → ....
c. Elle écrit à sa famille. → ....
d. Il aime se battre. → ....
e. Il veut arrêter. → ....
f. Ils observent Kakashi avec attention. → ....
g. Ils pensent à ce qu'ils vont dire. → ....
h. Je veux du silence immédiatement ! → ....

4 Transforme les COD et COI en utilisant des pronoms.

a. Je construis mon avenir. → ....
b. Kakashi appelle tous les ninjas. → ....
c. Sakura a demandé à Naruto d'être prudent. → ....
....
d. Il laisse le combat à Sakura. → ....

APPLIQUER UN POURCENTAGE

Petit rappel de cours

Pour calculer le **pourcentage** d'un nombre, on l'écrit en **écriture fractionnaire.**

Méthode 1

40 % de 120, c'est :

$$\frac{40}{100} \times 120 = 0,4 \times 120$$
$$= 48$$

Méthode 2

40 % de 120, c'est :

$$\frac{40 \times 120}{100} = \frac{4\,800}{100} = \frac{4\,8\cancel{00}}{1\cancel{00}}$$
$$= 48$$

1 Aide Temari à calculer les pourcentages suivants.

a. 50 % de 300 = ...

....

b. 10 % de 427 = ...

....

c. 20 % de 502 = ...

....

d. 70 % de 300 = ...

....

2 Dans un groupe de ninjas de 420 personnes, les trois quarts sont des garçons. Quel est le pourcentage de filles ?

....

....

....

3 Dans un baril, il y a 25 poissons dont 8 raies. Quel est le pourcentage de raies dans le baril ?

....

....

....

4 On sait que dans un village de 4 500 âmes, il y a 360 ninjas. Quel est le pourcentage de ninjas dans ce village ?

....

....

....

....

L'ATTRIBUT DU SUJET

Petit rappel de cours

- L'**attribut du sujet** donne une information sur le sujet. Il s'accorde avec le sujet.
  EXEMPLE : Sakura est inquiète.
- Les attributs du sujet viennent après des **verbes attributifs**, qui sont des verbes d'état : *être, se nommer, se révéler, se montrer, passer pour, devenir, paraître, apparaître, sembler, ressembler, demeurer, rester, avoir l'air…*

- L'attribut du sujet peut être :

- un **groupe nominal** : Naruto est un ninja.
- un **adjectif** : Ce ninja se révèle incroyable.
- un **pronom** : Si j'étais lui.
- un **verbe à l'infinitif** : Son espoir est de gagner.
- une **proposition subordonnée** : La règle est qu'ils doivent s'arrêter immédiatement.

1 Barre les verbes qui ne sont pas des verbes attributifs.

venir — se montrer — rester — apparaître — avoir — demeurer — passer — changer — manger — avoir l'air

2 Souligne le sujet et entoure les attributs du sujet.

a. Naruto semble épuisé.

b. Aujourd'hui, je suis content.

c. Ce ninja semble habile.

d. Plus tard, Naruto sera Hokage.

e. Il paraît bien placé pour l'emporter.

3 Complète les phrases avec des verbes attributifs différents.

a. Elle .... Sakura.

b. Il .... le meilleur d'entre nous.

c. La fille .... apaisée.

d. Tu .... préoccupé.

e. Le ninja .... tranquille.

f. Son ami .... un idiot.

4 Complète ces phrases avec un attribut de la classe grammaticale indiquée entre parenthèses.

a. Ce ninja se nomme .... (nom propre)

b. Son enseignement a l'air .... (adjectif)

c. Son passe-temps préféré reste .... (GN)

d. Leur terrain habituel est .... (pronom)

SOLUTIONS

PAGE 4

1. vraiment, après, lorsque, donc, avancer

2.

Groupe nominal	La pluie
Verbe	Servit
Nom propre	Naruto
Adverbe	Fort
Adjectif qualificatif	Ravi
Pronoms	Nous, lui
Déterminant (article)	La
Déterminant (possessif)	Ton

3. a. Hier soir, Naruto était content **parce qu'**il avait mangé des ramen. b. J'aimerais **que** tu te rendes compte de ses efforts. c. Kakashi est arrivé **avant que** la pluie se mette à tomber. d. Naruto viendra demain **afin que** Sakura le voie. e. Sakura s'est beaucoup entraînée **pendant que** Naruto se reposait.

4. a. Sakura ➔ **nom propre** ; b. ennuyant ➔ **adjectif qualificatif** ; c. apprentissage ➔ **nom commun** ; d. vont ➔ **verbe** ; e. zut ➔ **interjection** ; f. trop ➔ **adverbe**

PAGE 5

1. a. 27,89 + 65,42 = 93,31 ; b. 123,789 + 456,89 = 580,679 ; c. 88,4 + 16,7 = 105,1

3. a. 324,5 − 76,9 = 247,6 ; b. 567,890 − 43,879 = 524,011 ; c. 67,2 − 34,1 = 33,1

2. a. 6,7 × 5,6 = 37,52 ; b. 11,1 × 3,6 = 39,96 ; c. 3,72 × 4,2 = 15,624

4. a. 118,4 ÷ 8 = 14,8 (reste 6,4) ; b. 67,5 ÷ 3 = 22,5 (15) ; c. 96,3 ÷ 9 = 10,7 (63)

PAGE 6

1. a. immobile ; b. impair ; c. irréversible ; d. malchanceux ; e. désobéissant ; f. anormal

2. a. hémi = demi ; b. hyper = au-dessus ; c. pré = avant ; d. re = à nouveau

3. a. clarté ; b. gentillesse ; c. modestie ; d. sensibilité ; e. raideur ; f. humanité ; g. densité ; h. facilité

4. a. immangeable = im-mange-able
b. intraveineuse = intra-vein-euse
c. incompréhensible = in-compréhens-ible
d. ralentissement = ra-lent-issement
e. dérangement = dé-range-ment

PAGE 7

1. 19 et 97

2.

Le nombre est divisible par...	2	4	5	9
2 018	oui	non	non	non
601	non	non	non	non
840	oui	oui	oui	non
648	oui	oui	non	oui

3. a. $25 = 5 \times 5$; b. $63 = 7 \times 9 = 7 \times 3 \times 3$; c. $240 = 24 \times 10 = 3 \times 8 \times 2 \times 5 = 3 \times 2 \times 4 \times 2 \times 5 = 3 \times 2 \times 2 \times 2 \times 2 \times 5$;
d. $300 = 3 \times 100 = 3 \times 50 \times 2 = 3 \times 5 \times 10 \times 2 = 3 \times 5 \times 2 \times 5 \times 2$

4. 270 est divisible par 6 car $6 \times 45 = 270$.
48 est divisible par 4 car $4 \times 12 = 48$.
456 est divisible par 6 car $6 \times 76 = 456$.

PAGE 8

1. montée-descente, paisible-turbulent, exquis-infect, aisément-difficilement, difficile-facile, clair-sombre, laideur-beauté

2. a. ennemi ; b. méchamment ; c. vendre ; d. défendre ; e. ouverture ; f. premier

3. aimable, faiblesse, saler, apparence

4. a. blague ; b. posséder ; c. erreur ; d. vitesse ; e. mince ; f. pleurer

PAGE 9

1. a. $46 - 12 + 3 = 37$; b. $4 + 71 + 2 - 7 = 70$;
c. $76 - 34 + 2 = 44$; d. $8 + 123 - 21 + 2 = 112$

2. a. $12 \times 5 \div 3 = 20$; b. $7 \times 9 \div 2 = 31{,}5$;
c. $35 - 48 \div 3 = 19$; d. $36 - 3 + 2 \times 5 = 43$

3. a. $(2 + 6) \times 4 = 8 \times 4 = 32$; b. $5 + (6 - 3) = 5 + 3 = 8$;
c. $(8 + 2) \times (6 - 1) = 10 \times 5 = 50$;
d. $2 + (9 - 2) + 3 + (7 - 1) = 2 + 7 + 3 + 6 = 18$

4. a. $3 \times [11 - 9 \div (6 - 3)] + 7 = 3 \times [11 - 9 \div 3] + 7 = 3 \times [11 - 3] + 7 = 3 \times 8 + 7 = 24 + 7 = 31$
b. $50 - [2 \times (36 - 4 \times 4) + (8 - 2) - 3 \times 6] = 50 - [2 \times (36 - 16) + 6 - 18] = 50 - [2 \times 20 + 6 - 18] = 50 - [40 + 6 - 18] = 50 - 28 = 22$

PAGE 10

1. Le bâtiment de la banque qui se situe à **Konoha** a été cambriolé.

2. a. Naruto a de beaux **cheveux** blonds, tandis que Sakura a une **chevelure** rose et ondulée. b. La grande **salle** accueille les jeunes **élèves**. c. Le prévoyant et prudent jeune **homme** dégage une bonne **impression**.

3. Par exemple : a. le petit ninja ; b. ce visage angélique ; c. un démon impitoyable ; d. chaque lame affûtée

4. a. (Le joli village) est à (une heure d'ici). b. (Le combattant sauvage) sort de (sa réserve). c. (De longues minutes) se sont écoulées. d. (Leur bandeau de combat) est intact. e. (La grande salle inoccupée) servira de (lieu de rassemblement). f. (Un rapide aperçu de la situation) nous donne (des indications précises). g. (Nos merveilleux et inoubliables souvenirs) ne s'effaceront jamais.

PAGE 11

1. Sakura : –2,1 ; $-\frac{1}{2}$; –8
Naruto : 3,2 ; $\frac{2}{3}$; $\frac{27}{5}$; +13 ; 3,1 ; 98,243

2.

2	3,4	5,25	7	10,76	32,4	76	102
–2	–3,4	–5,25	–7	–10,76	–32,4	–76	–102

3. a. $-3{,}2 < 3{,}2$; b. $2 > -1$; c. $0{,}02 > 0{,}01$; d. $3{,}07 < 3{,}7$;
e. $5 > -3$; f. $-8{,}2 < -7{,}2$; g. $-1 < 6{,}75$; h. $0{,}002 < 0{,}1$;
i. $-2{,}1 < -1{,}2$; j. $-3{,}788 < -3{,}78$

4. $-32{,}1 < -3{,}12 < -2{,}31 < 2{,}31 < 3{,}21 < 22{,}1$

PAGE 12

1 a. Toi et lui êtes amis pour la vie. b. Naruto, le meilleur ninja, n'était toujours pas arrivé. c. Les deux filles sont venues devant l'entrée. d. Ce sont les adversaires et moi qui combattons les premiers.

2 a. Non → le démon de Naruto ; b. Oui ; c. Non → Naruto et Sakura ; d. Non → cela

3 a. Vous **êtes partis** de l'association. b. Ils **cueillent** une fleur. c. Tu **contemples** le paysage. d. Nous les **libérons** après le combat. e. Je ne **veux** rien savoir.

PAGE 13

1 a. $(-3) + (-2) = -5$; b. $(+7) + (+3) = 10$; c. $(+6) + (-2) = 4$; d. $(+10) + (-12) = -2$; e. $(+2{,}3) + (+1{,}2) = 3{,}5$; f. $(+3{,}7) + (-1{,}5) = 2{,}2$; g. $(+8) + (-8) = 0$; h. $(-2{,}7) + (-2{,}1) = -4{,}8$; i. $(-3{,}4) + (+2) = -1{,}4$

2 a. $(-12) - (-12) = (-12) + 12$; b. $(+6) - (-2) = (+6) + 2$; c. $(+21) - (-6) = (+21) + 6$; d. $(+21) - (+12) = (+21) + (-12)$

3 a. $(-3) - (-2) = -1$; b. $(+7) - (+3) = 4$; c. $(+12) - (-2) = 14$; d. $(+11) - (-2) = 13$; e. $(+3{,}6) - (-2{,}5) = 6{,}1$; f. $(+18) - (-18) = 36$; g. $(-1{,}7) - (-1{,}1) = -0{,}6$; h. $(-4{,}4) - (+1) = -5{,}4$

4 a. $(-7) + (-6) + (-2) - (+7) - (-2) = -7 - 6 - 2 - 7 + 2 = -20$
b. $(+12) - (-1) - (-2) + (+11) + (-6) = 12 + 1 + 2 + 11 - 6 = 20$
c. $(+6) - (+3) - (+6) - (-8) - (+2) = 6 - 3 - 6 + 8 - 2 = 3$

PAGE 14

1 a. La vaillante Sakura a terminé son long apprentissage de ninja hier. b. Un nouveau membre de l'équipe 7 est enfin arrivé. c. Stop ! Je me sens vraiment impuissant face à toi. d. Tu veux te venger rapidement de ton ancien maître car tu as trop souffert.

2 a. malheur → malheureux → malheureuse ;
b. guerre → guerrier → guerrière ;
c. silence → silencieux → silencieuse ;
d. crainte → craintif → craintive

3 pittoresque, spécifique, légendaire, rose, maléfique

4 a. chinois, chinoise ; b. québécois, québécoise ; c. roumain, roumaine

PAGE 15

1 a. $\frac{3}{8} = \frac{6}{16}$; b. $\frac{1}{8} = \frac{3}{24}$; c. $\frac{3}{7} = \frac{21}{49}$; d. $\frac{2}{10} = \frac{8}{40}$;
e. $24 = \frac{24}{1} = \frac{72}{3}$; f. $\frac{4}{5} = \frac{20}{25}$

2 a. $\frac{3}{12} < \frac{5}{12}$; b. $\frac{25}{34} > \frac{24}{34}$; c. $\frac{1}{4} = \frac{2}{8}$; d. $\frac{42}{5} > \frac{37}{100}$

3 $\frac{3}{4}$; $\frac{15}{13}$; $\frac{8}{11}$

4 a. $\frac{27}{30} = \frac{9}{10}$; b. $\frac{30}{55} = \frac{6}{11}$; c. $\frac{12}{14} = \frac{6}{7}$; d. $\frac{63}{14} = \frac{9}{2}$;
e. $\frac{88}{11} = \frac{8}{1} = 8$; f. $\frac{32}{64} = \frac{1}{2}$

PAGE 16

1 a. aucun → **déterminant indéfini** ; b. cette → **déterminant démonstratif** ; c. trente-deux → **déterminant numéral** ; d. votre → **déterminant possessif** ; e. au → **article défini contracté**

2 a. **cet** adversaire impitoyable ; b. **ces** techniques de combat ; c. **ce** nouveau petit chemin ; d. **ces** petits pois dans **cette** soupe

3 a. **Quel** combat magnifique ! b. **Quels** objectifs te reste-t-il à atteindre ? c. De **quelles** aventures parles-tu ? d. **Quelle** expérience nouvelle !

4 a. C'est la bonne technique du ninja. → **article défini contracté** ; b. Il a du courage. → **article partitif** ; c. Il a eu du mal à le faire. → **article partitif** ; d. Il mange du pain. → **article partitif** ; e. Il parle du temps qu'il va faire. → **article défini contracté**

PAGE 17

1 a. $9 < \frac{19}{2} < 10$; b. $0 < \frac{1}{8} < 1$; c. $8 < \frac{65}{8} < 9$; d. $7 < \frac{43}{6} < 8$

2 a. $\frac{7}{9} - \frac{1}{3} = \frac{7}{9} - \frac{3}{9} = \frac{4}{9}$; b. $8 - \frac{5}{4} = \frac{32}{4} - \frac{5}{4} = \frac{27}{4}$;
c. $\frac{4}{7} - \frac{6}{77} = \frac{44}{77} - \frac{6}{77} = \frac{38}{77}$; d. $\frac{5}{6} - \frac{3}{7} = \frac{17}{42}$

3 a. $\frac{5}{12} + \frac{6}{12} = \frac{11}{12}$; b. $\frac{2}{8} + \frac{8}{8} = \frac{10}{8}$; c. $\frac{2}{9} + \frac{4}{9} = \frac{6}{9}$;
d. $\frac{12}{13} - \frac{6}{13} = \frac{6}{13}$; e. $\frac{42}{67} - \frac{21}{67} = \frac{21}{67}$; f. $\frac{98}{100} - \frac{56}{100} = \frac{42}{100}$

4 a. $\frac{6}{25} + \frac{4}{5} = \frac{6}{25} + \frac{20}{25} = \frac{26}{25}$; b. $\frac{2}{3} + \frac{4}{7} = \frac{14}{21} + \frac{12}{21} = \frac{26}{21}$;
c. $\frac{11}{3} + \frac{13}{20} = \frac{220}{60} + \frac{39}{60} = \frac{259}{60}$; d. $\frac{11}{31} + \frac{1}{4} = \frac{44}{124} + \frac{31}{124} = \frac{75}{124}$

PAGE 18

1 a. **Il** est tout encombré. b. **Elles** sont allées au marché. c. **Il l'**apprécie. d. **Il les** montre à son adversaire.

2 a. Oui, ce sont **les siennes.** b. Oui, c'est **le leur**. c. Oui, ce sont **les miens**. d. Oui, c'est **la nôtre**.

3 a. L'adversaire **dont** tu m'as parlé m'impressionne beaucoup. b. La ninja **qui** m'accompagne se prénomme Sakura. c. Le bandeau **que** chaque ninja porte est d'une couleur différente. d. La technique **que** Naruto choisit est toujours incroyable. e. Le lieu **où** Naruto doit se rendre est tenu secret.

4 a. **Que** voulez-vous faire demain ? b. **Qui** va affronter Sakura la semaine prochaine ? c. Parmi ces équipes, **laquelle** préfères-tu ? d. Naruto est parti de mauvaise humeur : **que** lui avez-vous dit ? e. J'hésite entre ces deux biscuits : **lequel** goûterais-tu ?

PAGE 19

1 a. $8y$; b. $2a$; c. $2\pi r$; d. 5×7 : on ne peut pas écrire 57 !

2 a. $3a + 2$; b. $2y + 8$; c. $x^2 + 12$; d. $3y^3$

3 a. $3 \times x \times x$; b. $5 \times a - b \times b \times b$; c. $x \times x + y \times y$; d. $x \times x \times x \times y \times y \times y$

4 a. $2 + 10 = 6 \times 2$; $12 = 12$ → L'égalité est vraie.
b. $5 \times 2 - 4 = 2 \times 2 + 2$; $6 = 6$ → L'égalité est vraie.
c. $3 \times 2 + 1 = 2^2 - 1$; $7 = 3$ → L'égalité est fausse.
d. $2 - 1 + 2^2 = 3 \times 2 - 1$; $5 = 5$ → L'égalité est vraie.
e. $3 \times 2 + 3 = 2 - 7$; $9 = -5$ → L'égalité est fausse.

PAGE 20

1 a. Une personne **n'**est **pas** encore arrivée. b. Elle **n'**a **jamais** vu le problème. c. Autrefois, nous allions manger des ramen tous ensemble. d. **Pas** moyen de résister !

2 a. Tu ne manges jamais de ramen. b. N'arrête pas de rire ! c. Ne me dis pas comment je dois m'entraîner. d. Tu n'es pas mon héros. e. Ne lui donne pas de nouvelles. f. Tu n'attaches pas ton bandeau.

3 a. Je n'ai vu personne ce matin. b. Je n'ai pris aucun stylo. c. Rien ne me touche. d. Il ne pleut jamais à cette période de l'année. e. Je ne l'ai cherché nulle part.

PAGE 21

1 **a.** $3 \times (7 + 1) = 3 \times 8 = 24$; $3 \times (7 + 1) = 3 \times 7 + 3 \times 1 = 21 + 3 = 24$; **b.** $30 \times (6 + 3) = 30 \times 9 = 270$; $30 \times (6 + 3) = 30 \times 6 + 30 \times 3 = 180 + 90 = 270$; **c.** $11 \times (10 - 2) = 11 \times 8 = 88$; $11 \times (10 - 2) = 11 \times 10 - 11 \times 2 = 110 - 22 = 88$; **d.** $(10 - 2) \times 4 = 8 \times 4 = 32$; $(10 - 2) \times 4 = 10 \times 4 - 2 \times 4 = 40 - 8 = 32$

2 **a.** $x(2 + 7) = 2x + 7x = 9x$; **b.** $3(a + 2) = 3a + 6$; **c.** $4(b - 1) = 4b - 4$; **d.** $6(3x + 2) = 18x + 12$

3 **a.** $120 \times 3 + 120 \times 5 = 120 \times (3 + 5) = 120 \times 8 = 960$;
b. $11 \times 2 + 11 \times 4 = 11 \times (2 + 4) = 11 \times 6 = 66$;
c. $21 \times 45 - 21 \times 12 = 21 \times (45 - 12) = 21 \times 33 = 693$;
d. $7 \times 13 - 3 \times 13 = 13 \times (7 - 3) = 13 \times 4 = 52$

4 **a.** $x(5 + 7) = 2 \times (5 + 7) = 2 \times 12 = 24$;
b. $2(x + 3) = 2 \times (2 + 3) = 2 \times 5 = 10$;
c. $4(x - 2) = 4 \times (2 - 2) = 4 \times 0 = 0$;
d. $8(2x + 2) = 8 \times (2 \times 2 + 2) = 8 \times (4 + 2) = 8 \times 6 = 48$

PAGE 22

1 a. **Inquiets**, Naruto et Sakura ont préféré partir. b. **Agacée**, Sakura a quitté les lieux. c. **Ébahies**, Sakura et ses amies sont restées sans voix. d. **Orangé**, le soleil était sublime dans le ciel. e. **Inondée**, la route n'a pas pu être empruntée.

2 a. Je suis devenu un ninja **puissant**. ➜ **épithète** ; b. Le voyage de Naruto s'est achevé la semaine **dernière**. ➜ **complément du nom** / **épithète** ; c. La sortie **à la campagne** lui a fait le plus **grand** bien. ➜ **complément du nom** / **épithète** ; d. Il a aperçu une maison **à deux étages**. ➜ **complément du nom**

3 a. le combat **de** mon ami ; b. des poteries **en** terre cuite ; c. un yaourt **à** boire ; d. une douleur **aux** pieds

4 a. l'amour **de la mère** ; b. le garde **de la forêt** ; c. une enquête **de police** ; d. une fête **de famille** ; e. l'accord **des parents**

PAGE 23

1 **Tableau 1 :**
On calcule les quotients.
$20 \div 1 = 20$
$30 \div 1{,}5 = 20$
$40 \div 2 = 20$
$60 \div 3 = 20$
C'est bien un tableau de proportionnalité.

Tableau 2 :
On calcule les quotients.
$10 \div 5 = 2$
$20 \div 10 = 2$
$45 \div 15 = 3$
$64 \div 8 = 8$
Ce n'est pas un tableau de proportionnalité.

2 **a.** $x = (4 \times 21) \div 3 = 84 \div 3 = 28$
b. $x = (8{,}3 \times 3{,}6) \div 3 = 29{,}88 \div 3 = 9{,}96$
c. $x = (4 \times 12) \div 1 = 48 \div 1 = 48$
d. $x = (2 \times 28{,}8) \div 9 = 57{,}6 \div 9 = 6{,}4$

3

Fruits (en kg)	1	2	5
Confitures (en kg)	2	4	10

× 2

4 Le coefficient de proportionnalité est 4.

8	9	15	23,25	33
32	36	60	93	132

× 4

PAGE 24

1 Kakashi **est** encore en retard ! Il **est** arrivé avec Naruto, **et** s'**est** à peine excusé. Où **est**-il, maintenant ? Il a dû oublier que Sakura **et** moi l'attendions. **Et** ce n'**est** pas la première fois !

2 **On** a attendu longtemps, mais ça en valait la peine. **On** a été applaudi quand **on** nous a vus. Les filles n'**ont** pas démérité : elles **ont** été formidables.

3 Mais où **sont**-ils passés ? **Son** combat est à 11 h et ils ne **sont** toujours pas arrivés. **Son** binôme et **son** entraîneur **sont** déjà sur le terrain !

4 Il **a** du mal **à** comprendre ce qui lui arrive. Il **a** passé une mauvaise journée **à** l'entraînement, puis il est rentré rapidement **à** la maison. Il **a** sûrement fait ce qu'il fallait **à** ce moment-là, mais rien n'**a** changé.

PAGE 25

1 **a.** Faux, c'est 2. **b.** Vrai. **c.** Vrai. **d.** Faux, c'est 50 %. **e.** Vrai.

2 **a.** Calculer 0,20 de 43, c'est calculer 20 % de 43. **b.** Calculer 0,10 de 89, c'est calculer 10 % de 89. **c.** Calculer la moitié de 102, c'est calculer 50 % de 102. **d.** Calculer un quart de 20, c'est calculer 25 % de 20.

3

Nombre de filles	4	10
Nombre total de ninjas	40	100

Il y a 10 % de filles parmi les ninjas.

4

Quantité d'eau (cL)	15	75
Soupe (cL)	20	100

Il y a 75 % d'eau dans une soupe.

PAGE 26

1 a. Naruto veut <u>gagner</u> absolument. ➜ **verbe** ;
b. Je ne veux pas <u>la voir</u> aujourd'hui. ➜ **pronom + verbe** ;
c. Je donne <u>des conseils</u> à Naruto. ➜ **groupe nominal** ;
d. Elles jettent <u>leurs armes</u>. ➜ **groupe nominal**

2 a. Il s'y est mis rapidement. ➜ **pronom** ; b. Pense <u>à tes amis</u> ! ➜ **groupe nominal** ; c. Fais attention <u>à toi</u> ! ➜ **pronom** ; d. Sakura parle <u>à Naruto</u> à voix basse. ➜ **nom propre**

3 a. Ce combat attire <u>de nombreux spectateurs</u>. ➜ **COD** ; b. Chaque ninja se méfie <u>de l'autre</u>. ➜ **COI** ; c. Elle écrit <u>à sa famille</u>. ➜ **COI** ; d. Il aime <u>se battre</u>. ➜ **COD** ; e. Il veut <u>arrêter</u>. ➜ **COD** ; f. Ils observent <u>Kakashi</u> avec attention. ➜ **COD** ; g. Ils pensent <u>à ce qu'ils vont dire</u>. ➜ **COI** ; h. Je veux <u>du silence</u> immédiatement ! ➜ **COD**

4 a. Je construis <u>mon avenir</u> ➜ Je <u>le</u> construis. b. Kakashi appelle <u>tous les ninjas</u>. ➜ Kakashi <u>les</u> appelle. c. Sakura a demandé <u>à Naruto</u> <u>d'être prudent</u>. ➜ Sakura <u>le</u> <u>lui</u> a demandé. d. Il laisse le <u>combat</u> <u>à Sakura</u>. ➜ Il <u>le</u> <u>lui</u> laisse.

PAGE 27

1 **a.** $\dfrac{50 \times 300}{100} = 150$; **b.** $\dfrac{10 \times 427}{100} = 42{,}7$;
c. $\dfrac{20 \times 502}{100} = 100{,}4$; **d.** $\dfrac{70 \times 300}{100} = 210$

2 Les $\dfrac{3}{4}$ sont des garçons, donc : $\dfrac{3}{4} \times 420 = 315$ garçons.
$420 - 315 = 105$. Il y a 105 filles. $\dfrac{105}{420} \times 100 = 25$ %

3 $\dfrac{8 \times 100}{25} = 32$ %. Il y a 32 % de raies dans le baril.

4 $\dfrac{360 \times 100}{4\,500} = 8$ %. Il y a 8 % de ninjas dans ce village.

PAGE 28

1. avoir l'air, ~~manger~~, ~~changer~~, rester, demeurer, ~~passer~~, ~~venir~~, apparaître, se montrer, ~~avoir~~

2. a. <u>Naruto</u> semble épuisé. b. Aujourd'hui, <u>je</u> suis content. c. <u>Ce ninja</u> semble habile. d. Plus tard, <u>Naruto</u> sera Hokage. e. <u>Il</u> paraît bien placé pour l'emporter.

3. a. Elle **se nomme** Sakura.
b. Tu **as l'air** préoccupé.
c. Il **reste** le meilleur d'entre nous.
d. Le ninja **demeure** tranquille.
e. La fille **paraît** apaisée.
f. Son ami **passe pour** un idiot.

4. a. Ce ninja se nomme **Naruto**. b. Son enseignement a l'air **facile**. c. Son passe-temps préféré reste **la lecture**. d. Leur terrain habituel est **celui-ci**.

PAGE 29

1. 45 + 30 + 10 = 85 %
100 – 85 = 15 %

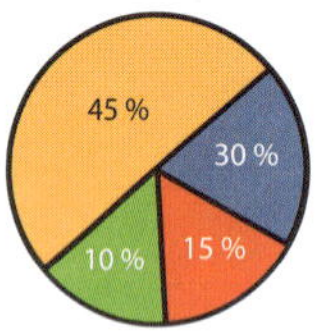

2. Ce graphique représente la distance parcourue par Naruto en fonction du nombre de kilomètres.
Il parcourt 2 km en 30 minutes et 7 km en 100 minutes.
Naruto a stagné au kilomètre 5 et au kilomètre 7.
A(30 ; 2), B(60 ; 5), C(100 ; 7)

3.

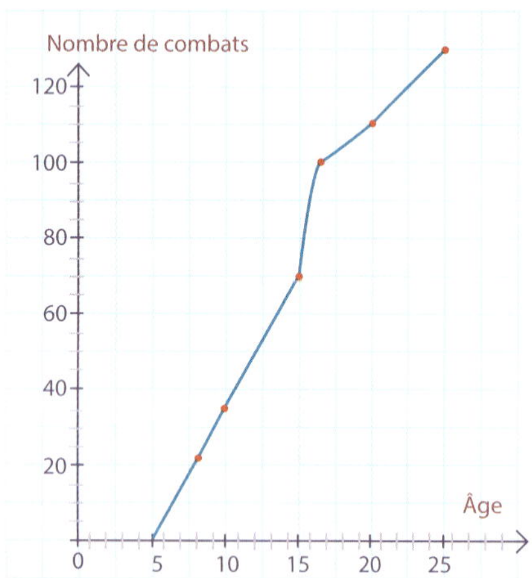

PAGE 30

1. a. Demain, Kakashi entraînera <u>les ninjas</u>. ➔ **COD** ; b. Naruto attend Sakura <u>dans la grotte</u>. ➔ **CC de lieu** ; c. <u>Sur le chemin de l'entraînement</u>, Naruto pense à son combat. ➔ **CC de lieu** ; d. Tous les matins, j'écris <u>une lettre</u>. ➔ **COD**

2. a. Naruto fait tout <u>pour gagner</u>. ➔ **CC de but** ; b. Je n'arrive pas à manger <u>avec ces baguettes</u>. ➔ **CC de moyen** ; c. Le pauvre Naruto s'effondra <u>en pleurant</u>. ➔ **CC de manière** ; d. Les ninjas avancent <u>en colonne</u> <u>sur le terrain</u>. ➔ **CC de manière** + **CC de lieu** ; e. Je reviendrai <u>dès que je pourrai</u>. ➔ **CC de temps** ; f. Tu as agi ainsi <u>par esprit de vengeance</u>. ➔ **CC de cause**

3. a. Il vient <u>rapidement</u>. ➔ **CC de manière** ;
b. L'entraînement commencera <u>dès que possible</u>. ➔ **CC de temps** ;
c. Il s'<u>y</u> sent vraiment bien. ➔ **CC de lieu** ;
d. Il joue <u>pour gagner</u>. ➔ **CC de but**

PAGE 31

1. $\frac{12 + 14 + 7 + 13 + 20 + 13}{6} \approx 13{,}17$

2. $\frac{(12 \times 2) + (14 \times 1) + (7 \times 3) + (13 \times 2) + (20 \times 2) + (13 \times 1)}{2 + 1 + 3 + 2 + 2 + 1} = \frac{138}{11} \approx 12{,}5$

3.

Valeur	1	2	3	4	5	6
Effectif	2	1	5	3	8	3

$\frac{(1 \times 2) + (2 \times 1) + (3 \times 5) + (4 \times 3) + (5 \times 8) + (6 \times 3)}{2 + 1 + 5 + 3 + 8 + 3} = \frac{89}{22} \approx 4{,}05$

PAGE 32

1. <u>ÊTRE</u> :
Je suis
Tu es
Elle est
Nous sommes
Vous êtes
Ils sont

<u>AVOIR</u> :
J'ai
Tu as
Elle a
Nous avons
Vous avez
Ils ont

2. <u>ÊTRE</u> :
Je serai
Tu seras
Elle sera
Nous serons
Vous serez
Ils seront

<u>AVOIR</u> :
J'aurai
Tu auras
Elle aura
Nous aurons
Vous aurez
Ils auront

3. <u>ÊTRE</u> :
J'étais
Tu étais
Elle était
Nous étions
Vous étiez
Ils étaient

<u>AVOIR</u> :
J'avais
Tu avais
Elle avait
Nous avions
Vous aviez
Ils avaient

4. <u>ÊTRE</u> :
Je fus
Tu fus
Elle fut
Nous fûmes
Vous fûtes
Ils furent

<u>AVOIR</u> :
J'eus
Tu eus
Elle eut
Nous eûmes
Vous eûtes
Ils eurent

PAGE 33

1

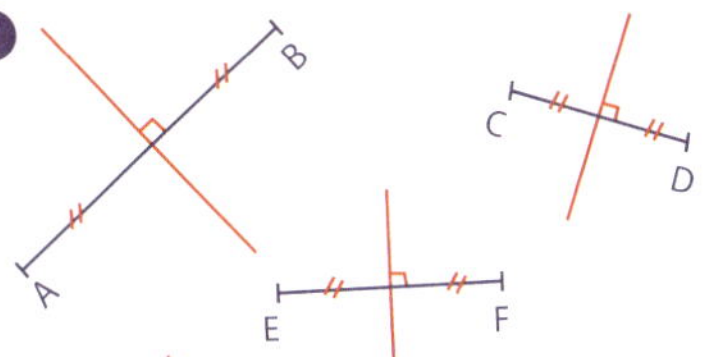

2

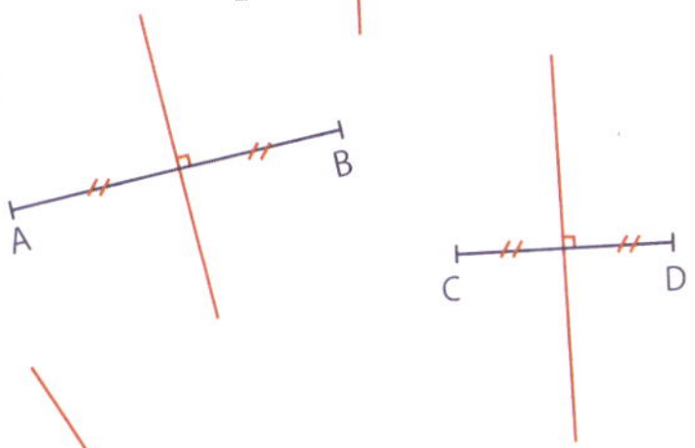

3

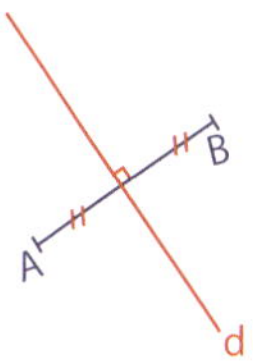

PAGE 34

1 Verbales : **b.** Je ne sais pas. **c.** Réfléchis-y. **g.** Depuis une semaine, Naruto semble inquiet.
Non verbales : **a.** Les futurs résultats des entraînements. **d.** Demain ! **e.** Le rêve de partir sur la route. **f.** Quel temps affreux !

2 **a.** Il est interdit d'entrer. **b.** Attention, il y a des travaux sur la route ! **c.** Naruto est en colère suite au retard de Kakashi. **d.** Le combat entre Naruto et Sasuke est spectaculaire.

3 **a.** Non, je ne l'ai pas vu. **b.** Oui, j'ai encore perdu. **c.** Vite, il faut partir ! **d.** Sakura est partie.

4 **a.** La mort d'un ninja. **b.** L'arrêt de l'entraînement. **c.** Entrée interdite. **d.** Âge limité à 15 ans.

PAGE 35

1

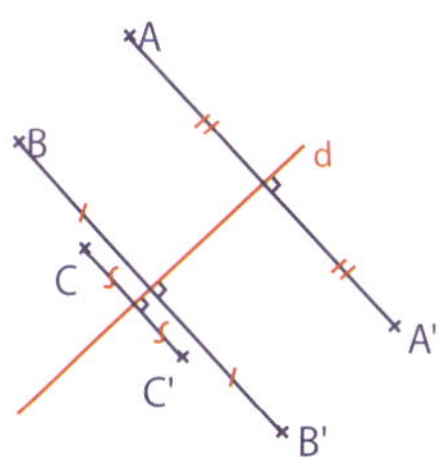

2

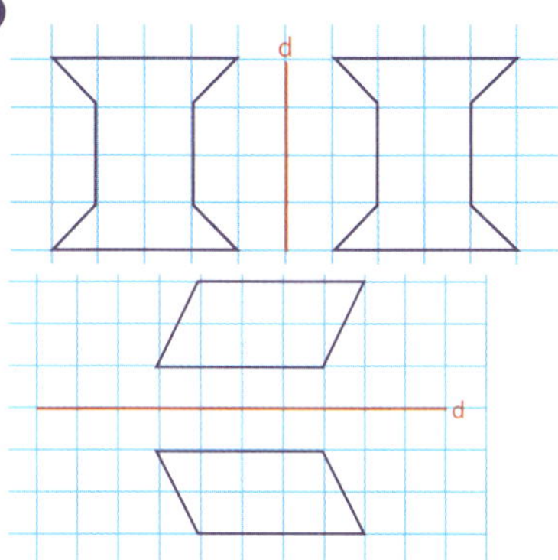

3

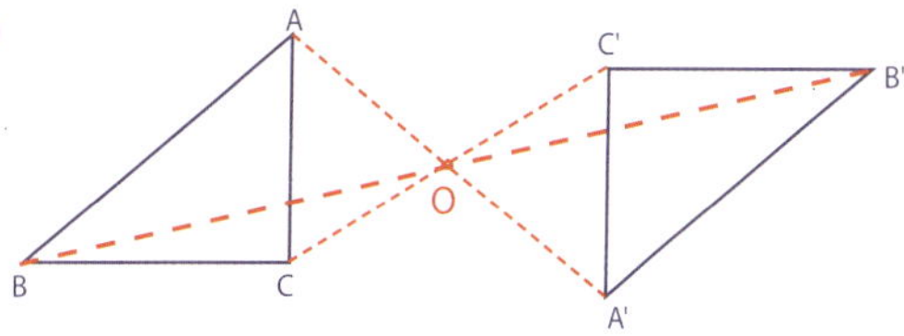

4

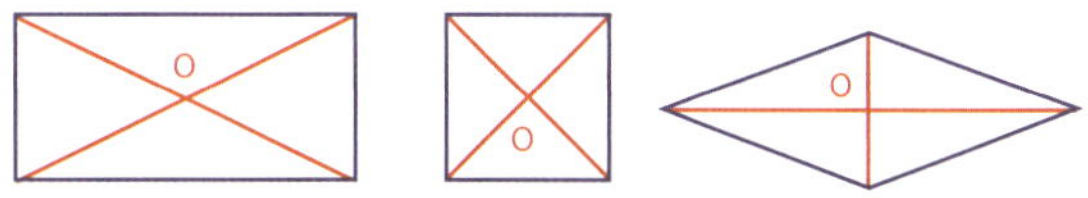

PAGE 36

1 Phrases simples : **a.** Une épée est accrochée à son dos. **d.** Ils ont été vus plus tôt dans la journée. **e.** Elles étaient ravies de découvrir Konoha.
Phrases complexes : **b.** Voilà à quoi ressemblent les soupes que j'ai mangées. **c.** Kakashi et Naruto sont tombés de haut quand ils ont appris la nouvelle.

2 **a.** Il lui a demandé si elle venait demain. **b.** La victoire semble acquise parce qu'il a bien démarré. **c.** Quand cette année sera passée, Naruto recommencera à s'entraîner.
d. Fatiguées d'avoir combattu, les deux filles se sont endormies immédiatement.

3 **a.** Sasuke affirme qu'il m'a donné des ramen pour me faire plaisir. **b.** Kakashi dit que nous devons nous battre. **c.** Naruto et Sakura pensent que ces récits sont très personnels.

4 **a.** Nous ne pourrons pas aller manger **parce que** tu rentres à peine de l'entraînement. **b.** Sakura aère le salon **pour que** l'air frais pénètre dans la pièce. **c.** Naruto se balade dans Konoha **car** il adore ça.

PAGE 37

1

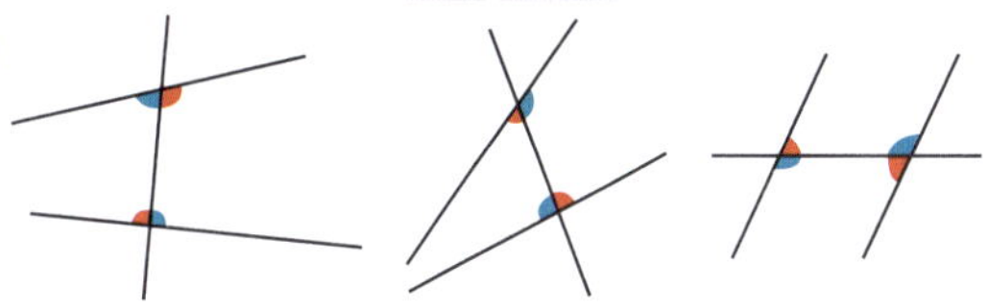

2 **a.** $\widehat{xAy}$ et $\widehat{rAB}$ ou $\widehat{rAt}$ sont opposés par le sommet.
b. $\widehat{sBt}$ et $\widehat{ABz}$ ou $\widehat{xBz}$ sont opposés par le sommet.
c. $\widehat{rAt}$ et $\widehat{xBz}$ ou $\widehat{ABz}$ sont alternes-internes.
d. $\widehat{sBA}$ et $\widehat{ABz}$ sont supplémentaires.

3 $\widehat{xAy}$ mesure 180°, donc $\widehat{xAt}$ mesure 180 – 50 = 130°.
Deux angles opposés par le sommet ont la même mesure, donc $\widehat{tAy} = \widehat{xAB} = 50°$ et $\widehat{xAt} = \widehat{yAB} = 130°$.
Si deux droites coupées par une sécante forment des angles alternes-internes de même mesure, alors ces deux droites sont parallèles, donc $\widehat{yAB} = \widehat{uBs} = 130°$ et $\widehat{xAB} = \widehat{rBu} = 50°$.
Deux angles opposés par le sommet ont la même mesure, donc $\widehat{ABs} = \widehat{rBu} = 50°$ et $\widehat{rBA} = \widehat{uBs} = 130°$.

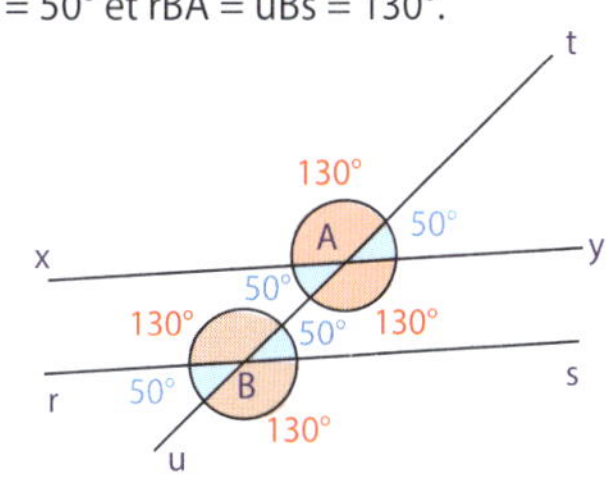

PAGE 38

1 <u>Phrases à la forme active</u> : **b.** Tout le monde admire Naruto. **d.** Sakura a fait passer le message.
<u>Phrases à la forme passive</u> : **a.** Le grenier est envahi par les araignées. **c.** Le shuriken a été abandonné par Naruto. **e.** Cet endroit est apprécié de tous les ninjas.

2 **a.** Gaara a été combattu par Sakura. **b.** Naruto est attendu par Sakura. **c.** De nombreux kilomètres ont été parcourus par Naruto. **d.** Les enseignements sacrés de Kakashi sont écoutés par Naruto.

3 **a.** Il <u>a été poursuivi</u> toute la journée. ➤ Passé composé ; **b.** La guerre <u>avait été déclarée</u> deux ans auparavant. ➤ Plus-que-parfait ; **c.** Le résumé <u>était raconté</u> par Kakashi. ➤ Imparfait ; **d.** Naruto et Sakura <u>furent enfermés</u> malgré eux. ➤ Passé simple

PAGE 39

1 Le triangle est isocèle.
L'angle $\widehat{ACB}$ mesure 180 – 65 – 65 = 50°.

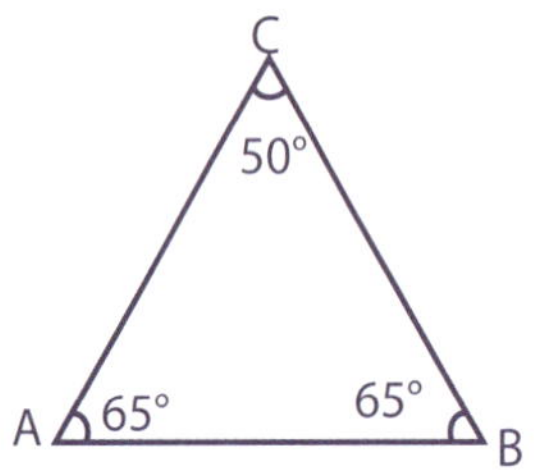

2

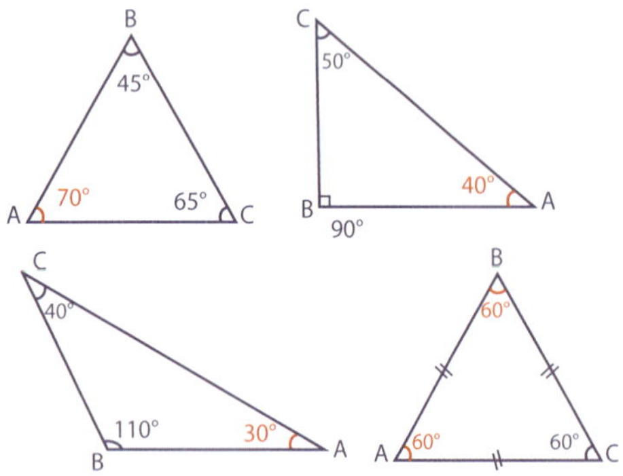

3

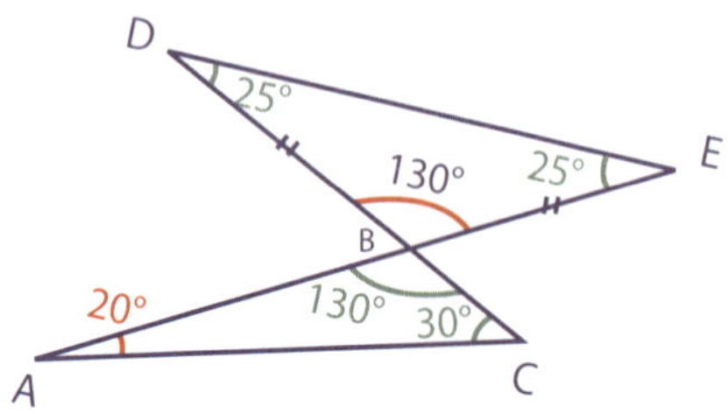

PAGE 40

1 **a.** Je **prends** de nouvelles décisions. **b.** Naruto **est** le ninja le plus imprévisible du village. **c.** Sakura **reconnaît** Naruto sans difficulté. **d.** Naruto et Sakura **font** d'énormes progrès. **e.** Ils **demandent** de l'aide car ils **disent** ne pas pouvoir se débrouiller seuls. **f.** Vous n'irez pas aussi loin que vous le **pensez**. **g.** Je **crains** de ne pas pouvoir t'aider. **h.** Tu **perds** ton temps. **i.** **Peux**-tu prendre le shuriken caché dans l'armoire ? **j.** Naruto **suit** la voie de la sagesse.

2 **a.** Vous **dites** tout et son contraire. **b.** Je **prends** les décisions que je **veux**. **c.** Je ne **vais** pas me battre, même si je **peux** le faire ! **d.** Je ne me **soumets** pas aux ordres que tu me **donnes**. **e.** Vous le **faites** si vous **voulez**.

3 **a.** je prends ; **b.** je confonds ; **c.** je connais ; **d.** je décris ; **e.** j'exclus ; **f.** j'effectue

4

Craindre	Aller	Courir	Résoudre	Pouvoir
Je crains	Je vais	Je cours	Je résous	Je peux
Il craint	Il va	Il court	Il résout	Il peut
Nous craignons	Nous allons	Nous courons	Nous résolvons	Nous pouvons
Elles craignent	Elles vont	Elles courent	Elles résolvent	Elles peuvent

PAGE 41

1 Les figures A, B et E sont des parallélogrammes.

2 Le point A est le symétrique du point C par rapport au centre de symétrie O.
Le segment [AD] est le symétrique du segment [CB] par rapport au centre de symétrie O.
AO = OC ; DO = OB ; $\widehat{ADC} = \widehat{ABC}$

3

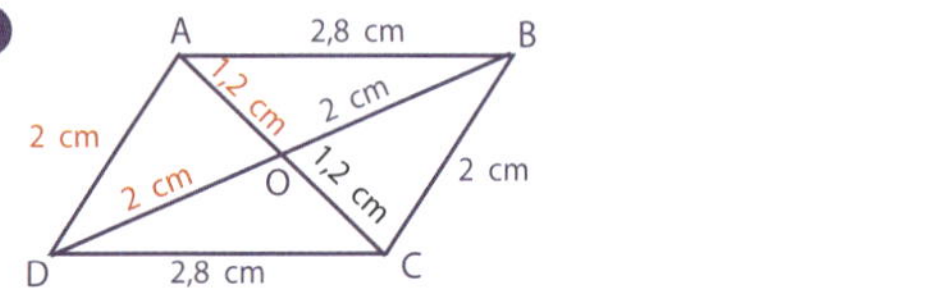

4

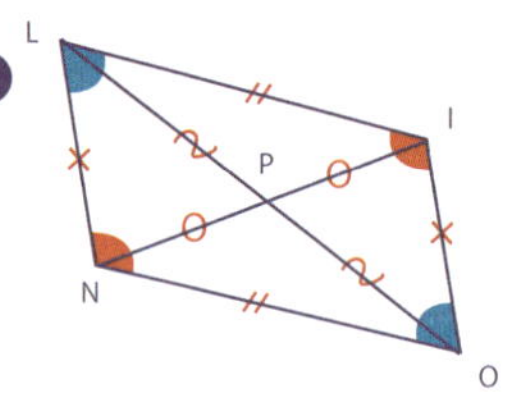

PAGE 42

1 **a.** Nous **appuierons** ta demande. **b.** Vous **servirez** les ramen dans de grands bols. **c.** Vous **ferez** de bons ninjas. **d.** Je **pourrai** venir te voir demain. **e.** Nous **appellerons** Naruto au secours. **f.** Vous **verrez**, ça **ira** ! **g.** Il **combattra** demain. **h.** Vous nous **direz** la vérité.

2 **a.** Je dirai ; **b.** Vous tiendrez ; **c.** Elle verra ; **d.** Tu jetteras ; **e.** Ils mettront ; **f.** Nous viendrons ; **g.** Vous peindrez ; **h.** Je saurai

3 **a.** **J'appellerai** Naruto. **b.** Tu **essuieras** la vaisselle. **c.** Nous **appuierons** sur le champignon. **d.** Je **ferai** ce que tu **voudras**. **e.** Je **courrai** aussi vite que possible.

4

Laver	Aller	Payer	Jeter	Pouvoir
Je laverai	J'irai	Je paierai	Je jetterai	Je pourrai
Tu laveras	Tu iras	Tu paieras	Tu jeteras	Tu pourras
Il lavera	Il ira	Il paiera	Il jetera	Il pourra
Nous laverons	Nous irons	Nous paierons	Nous jetterons	Nous pourrons
Vous laverez	Vous irez	Vous paierez	Vous jetterez	Vous pourrez
Elles laveront	Elles iront	Elles paieront	Elles jetteront	Elles pourront

PAGE 43

❶ La première figure est un carré, donc côté × côté = $3 \times 3 = 9\ cm^2$.
La deuxième figure est un triangle rectangle, donc $(L \times l) \div 2 = (3 \times 6) \div 2 = 9\ cm^2$.
La troisième figure est un triangle isocèle, donc (base × hauteur) $\div 2 = (2 \times 3) \div 2 = 3\ cm^2$.

❷ Aire = (base × hauteur) $\div 2 = 6\ cm^2$
$(4 \times \text{hauteur}) \div 2 = 6$
$4h \div 2 = 6$
$4h = 6 \times 2$
$4h = 12$
$h = 12 \div 4$
$h = 3\ cm$

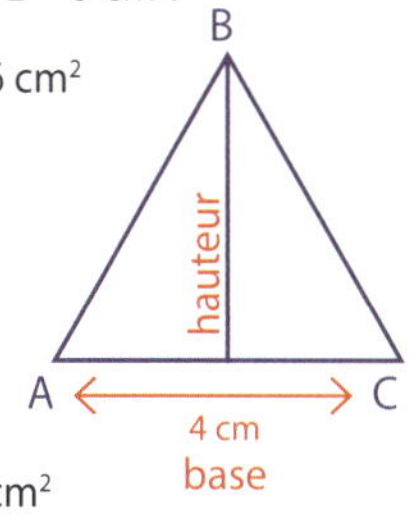

❸ a. Base × hauteur $= 7 \times 3 = 21\ cm^2$
b. Base × hauteur $= 12 \times 4 = 48\ dam^2$

PAGE 44

❶ tu voulais, vous partiez, je riais, nous demandions, vous rentriez

❷ a. Vous **dévaliez** les escaliers rapidement. b. Il **venait** tous les ans au concours. c. Je ne **pouvais** pas venir. d. Nous **étions** plus nombreux. e. Tu **pensais** que tu **pouvais** compter sur lui. f. Vous **rencontriez** son père.

❸ a. Je prenais ; b. Vous mettiez ; c. Elle aimait ; d. Tu construisais ; e. Ils voyaient ; f. Nous paraissions ; g. Vous sembliez ; h. Je pensais

❹

Scier	Balayer	Donner	Crier	Foncer
Je sciais	Je balayais	Je donnais	Je criais	Je fonçais
Tu sciais	Tu balayais	Tu donnais	Tu criais	Tu fonçais
Il sciait	Il balayait	Il donnait	Il criait	Il fonçait
Nous sciions	Nous balayions	Nous donnions	Nous criions	Nous foncions
Vous sciiez	Vous balayiez	Vous donniez	Vous criiez	Vous fonciez
Ils sciaient	Ils balayaient	Ils donnaient	Ils criaient	Ils fonçaient

PAGE 45

❶ $2 \times \pi \times 2{,}8 \approx 2 \times 3{,}14 \times 2{,}8 \approx 17{,}59\ m$

❷ $\pi r^2 \approx 3{,}14 \times 2{,}2 \times 2{,}2 \approx 15{,}21\ m$

❸

Rayon	Périmètre	Aire
2 cm	12,57 cm	12,57 cm^2
5 cm	31,42 cm	78,54 cm^2
1,59 cm	10 cm	7,94 cm^2

- $P = 2\pi r = 4\pi \approx 12{,}57\ cm$ $A = \pi r^2 = 4\pi \approx 12{,}57\ cm^2$
- $P = 2\pi r = 10\pi \approx 31{,}42\ cm$ $A = \pi r^2 = 25\pi \approx 78{,}54\ cm^2$
- $2\pi r = 10\ cm$, donc $r = 10 \div 2\pi \approx 1{,}59\ cm$

On peut donc calculer l'aire : $\pi r^2 = \pi \times 1{,}59 \approx 7{,}94\ cm^2$

❹ On calcule l'aire du grand disque : $\pi r^2 = 16\pi = 50{,}27\ cm^2$
On calcule l'aire du petit disque : $\pi r^2 = 2{,}25\pi = 7{,}07\ cm^2$
Aire de la figure en bleu : $50{,}27 - 7{,}07 = 43{,}2\ cm^2$

PAGE 46

❶ je sortis, il arriva, vous prîtes, elles voulurent, ils allèrent, tu aimas, il lut, ils prescrivirent

❷ a. Tu agitas ; b. Ils prirent ; c. Nous ressemblâmes ; d. Vous réunîtes ; e. Il régna ; f. Vous finîtes ; g. Je courus

❸ Nous batîmes ➔ bâtir ; Vous battîtes ➔ battre ; Elle but ➔ boire ; Tu fis ➔ faire ; Je fus ➔ être ; Ils puèrent ➔ puer ; Ils purent ➔ pouvoir

❹ a. Je dominai ; b. Vous partîtes ; c. Elle finit ; d. Tu poursuivis ; e. Ils mirent ; f. Nous vînmes ; g. Vous conquîtes ; h. Je vécus

PAGE 47

❶ **Trajet aller :** 12 h 08 min = (12 × 60) min + 8 min = 720 min + 8 min = 728 min
10 h 13 min = (10 × 60) min + 13 min = 600 min + 13 min = 613 min
728 – 613 = 115 min = 60 min + 55 min = 1 h 55 min
Le trajet aller a duré 1 h 55 min, il est plus rapide que le trajet retour de 1 h 56 min.

❷

Départ	Durée	Arrivée
8 h 56	3 h 25 min	12 h 21
10 h 18	3 h 51 min	14 h 09
12 h 25	4 h 27 min	16 h 52

Départ : 16 h 52 min – 4 h 27 min = 12 h 25 min
Durée : 12 h 21 min = (12 × 60) min + 21 min = 741 min
8 h 56 min = (8 × 60) + 56 min = 536 min
741 – 536 = 205 min = (3 × 60) min + 25 min = 3 h 25 min
Arrivée : 10 h 18 min + 3 h 51 min = 13 h 69 min = 13 h + 60 min + 9 min = 14 h 09 min

❸ 6 L ➔ 100 km 1 L ➔ x km $x = 100 \times 1 \div 6 \approx 16{,}67$
La consommation est de 16,67 km par litre d'essence.

❹ $v = \frac{d}{t}$

$v = \frac{710\ km}{2\ h\ 22\ min} = \frac{710\ km}{142\ min} = \frac{5\ km}{1\ min} = 5\ km/min$

On peut convertir en km/h :
5 km ➔ 1 minute x km ➔ 60 minutes
5 km × 60 min = 300 km.

Le train parcourt 300 km en 60 minutes, il a donc une vitesse de 300 km/h.

PAGE 48

❶ a. **Elle** est venue. b. **Elles** sont parties. c. **Ils** sont arrivés. d. **Il** est parti. e. **Elle** est prise. f. **Il** est resté.

❷ a. J'ai **essayé** de venir plus tôt, mais Sakura est **coincée** dans la maison. b. Naruto a **observé** le combat qui a **opposé** Sakura à Sasuke. c. Ils ont été **vus** plus tôt dans la journée. d. Naruto et Sakura ont **écouté** attentivement les conseils. e. Kakashi et Naruto sont **tombés** de haut quand ils ont **appris** la nouvelle. f. Sakura est **descendue** la première.

❸ a. paru ; b. proposé ; c. venu ; d. pris ; e. menti ; f. parvenu ; g. écrit ; h. dit ; i. permis ; j. tordu

❹ a. J'ai joué ; b. Tu as su ; c. Il a combattu ; d. Nous avons mis ; e. Vous avez tenu ; f. Ils ont compris

PAGE 49

❶ Cylindres :

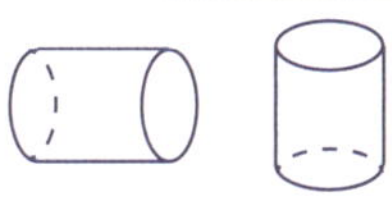

b. d.

Prismes :

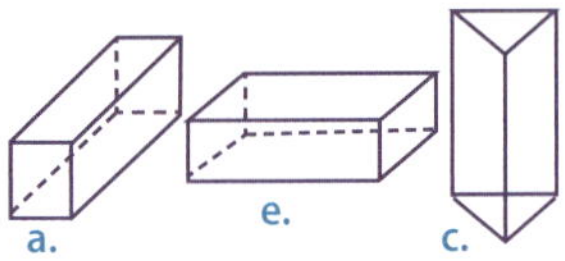

a. e. c.

❷

Solide	Nombre de sommets	Nombre de faces	Nombre d'arêtes
a	8	6	12
b	0	3	2
c	6	5	9
d	0	3	2
e	8	6	12

❸

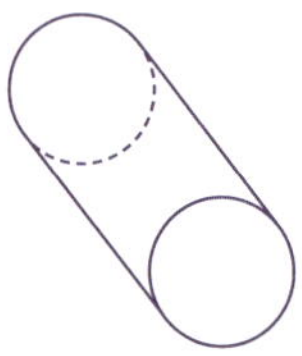

PAGE 50

❶ tu croirais, ils penseraient, je rirais, nous demanderions, vous rentreriez

❷ a. Lier ; b. Prendre ; c. Avoir ; d. Aller ; e. Pouvoir ; f. Venir

❸ a. Je tiendrais ; b. Je mourrais ; c. Je poursuivrais ; d. Je deviendrais ; e. Je prendrais ; f. Je dormirais

❹

Faire	Venir	Prendre	Dire	Crier
Je ferais	Je viendrais	Je prendrais	Je dirais	Je crierais
Tu ferais	Tu viendrais	Tu prendrais	Tu dirais	Tu crierais
Il ferait	Il viendrait	Il prendrait	Il dirait	Il crierait
Nous ferions	Nous viendrions	Nous prendrions	Nous dirions	Nous crierions
Vous feriez	Vous viendriez	Vous prendriez	Vous diriez	Vous crieriez
Ils feraient	Ils viendraient	Ils prendraient	Ils diraient	Ils crieraient

PAGE 51

❶

Résultat	1	2	3	4	5	6
Fréquence	5	4	4	3	3	3

❷ Effectif total = 5 + 4 + 4 + 3 + 3 + 3 = 22

❸ Pour calculer une fréquence, on utilise la formule :
Fréquence = $\frac{\text{effectif}}{\text{effectif total}}$

La fréquence du résultat 1 est : $\frac{5}{22} \approx 0{,}227 = 22{,}7\ \%$

La fréquence du résultat 6 est : $\frac{3}{22} \approx 0{,}136 = 13{,}6\ \%$

❹ Moyenne pondérée =

$$\frac{1 \times 5 + 2 \times 4 + 3 \times 4 + 4 \times 3 + 5 \times 3 + 6 \times 3}{22} =$$

$$\frac{5 + 8 + 12 + 12 + 15 + 18}{22} = \frac{70}{22} \approx 3{,}18$$

PAGE 52

❶ bois, souris, fuis, allons

❷ a. Prends ; b. Tiens ; c. Joue ; d. Écris ; e. Préviens ; f. Attache

❸

Offrir	Venir	Vivre	Sortir	Comprendre
Offre	Viens	Vis	Sors	Comprends
Offrons	Venons	Vivons	Sortons	Comprenons
Offrez	Venez	Vivez	Sortez	Comprenez

❹ a. Range tes affaires ! b. Ne parle pas ! c. Suivons notre destin ! d. Ne pénétrez pas ici ! e. Venons demain !

PAGE 53

❶

Distance sur le plan	2 cm	1 cm
Distance réelle	600 m	300 m

1 cm sur le plan représente 300 m en réalité, soit 30 000 cm, donc l'échelle de la carte est de $\frac{1}{30\,000}$.

❷

Distance sur le plan	1 cm	15 cm
Distance réelle	100 cm	1 500 cm = 15 m

❸ Il y a 5 + 15 = 20 médailles. 20 ÷ 4 = 5.
Sakura : 5 ÷ 5 = 1
Naruto : 15 ÷ 5 = 3
Le ratio à écrire est donc : 1:3.

❸ Le coefficient de proportionnalité est 27.

Ratio	1	5	3	9
Champignons	27	135	81	243

PAGE 54

❶ remplisse, soyons, parliez, coure

❷ a. Pouvoir ; b. Savoir ; c. Vouloir ; d. Prendre ; e. Faire

❸ a. Que je prenne ; b. Que je voie ; c. Que j'aie ; d. Que j'aime ; e. Que je finisse.

❹

Convenir	Courir	Aller	Demander	Remplir
Que je convienne	Que je coure	Que j'aille	Que je demande	Que je remplisse
Que tu conviennes	Que tu coures	Que tu ailles	Que tu demandes	Que tu remplisses
Qu'il convienne	Qu'il coure	Qu'il aille	Qu'il demande	Qu'il remplisse
Que nous convenions	Que nous courions	Que nous allions	Que nous demandions	Que nous remplissions
Que vous conveniez	Que vous couriez	Que vous alliez	Que vous demandiez	Que vous remplissiez
Qu'ils conviennent	Qu'ils courent	Qu'ils aillent	Qu'ils demandent	Qu'ils remplissent

PAGE 55

❶ Il y a 2 issues possibles : pile ou face.

❷ Il y a 9 shurikens dans la boîte, donc la probabilité de tirer au hasard un shuriken usé est de $\frac{6}{9}$, soit $\frac{2}{3}$.

Il y a 9 shurikens dans la boîte, donc la probabilité de tirer au hasard un shuriken neuf est de $\frac{3}{9}$, soit $\frac{1}{3}$.

❸ Le dé a 6 faces, donc il y a une probabilité de $\frac{1}{6}$ d'obtenir un 3.

Dans un dé à 6 faces, il y a 3 nombres pairs (le 2, le 4 et le 6). Naruto a donc une probabilité de $\frac{3}{6}$ d'obtenir un nombre pair, soit 1 chance sur 2

❹ Il y a quatre 10 dans un jeu de 32 cartes.
La probabilité de tirer un 10 est donc de $\frac{4}{32}$, soit $\frac{1}{8}$.

Il y a 4 rois dans un jeu de 32 cartes.
La probabilité de tirer un roi est donc de $\frac{4}{32}$, soit $\frac{1}{8}$.

Il y a 4 valets et 4 rois dans un jeu de 32 cartes.
La probabilité de tirer un roi ou un valet est donc de $\frac{8}{32}$, soit $\frac{1}{4}$.

Il y a 8 piques dans un jeu de 32 cartes. La probabilité de tirer un pique est donc de $\frac{8}{32}$, soit $\frac{1}{4}$.

EXPLOITER UN GRAPHIQUE, TRAITER DES DONNÉES

Petit rappel de cours

- On peut représenter des données par différents types de **diagrammes** ou de **graphiques**.

Diagramme en barres ou en bâtons	Diagramme circulaire	Graphique
	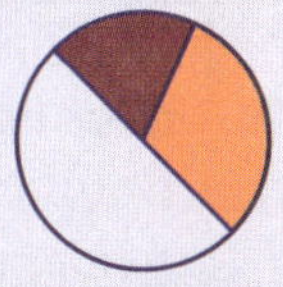	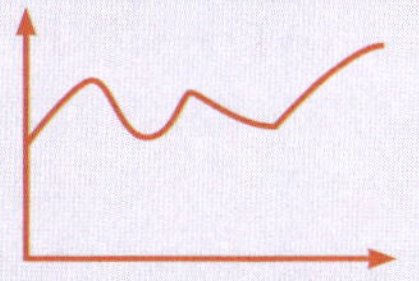

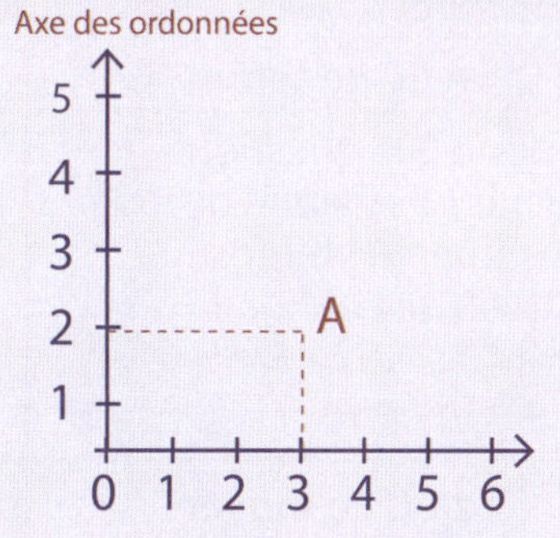

- L'axe horizontal d'un graphique est l'**axe des abscisses**.
- L'axe vertical d'un graphique est l'**axe des ordonnées**.
  Le point A a pour coordonnées (3 ; 2).
- Sur une **droite graduée**, on peut repérer des points.
  Ici, le point A a pour abscisse 1 et le point B a pour abscisse –4.

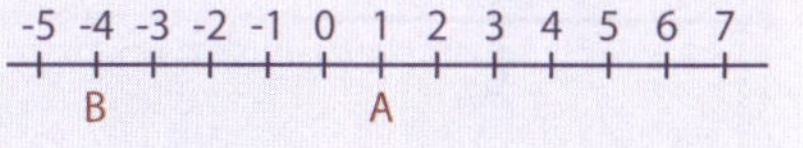

1 Complète le pourcentage manquant de ce diagramme circulaire.

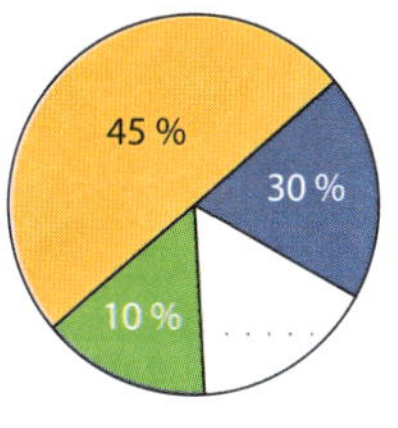

2 Ce graphique représente la distance parcourue par Naruto.

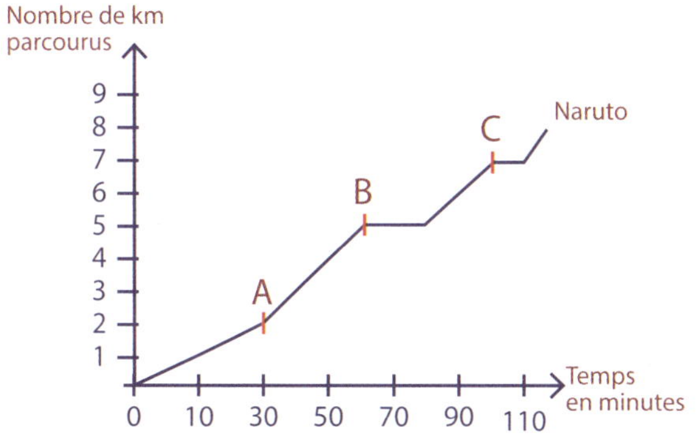

Combien de kilomètres Naruto parcourt-il en 30 minutes ? Et en 100 minutes ? Lors de quels kilomètres a-t-il stagné ? Donne les coordonnées des points A, B et C.

. . . .

. . . .

. . . .

3 Observe le tableau de données et construis la courbe du nombre de combats effectués en fonction de l'âge d'un ninja.

Âge	5	8	10	15	17	20	25
Nombre de combats	0	22	37	70	100	110	128

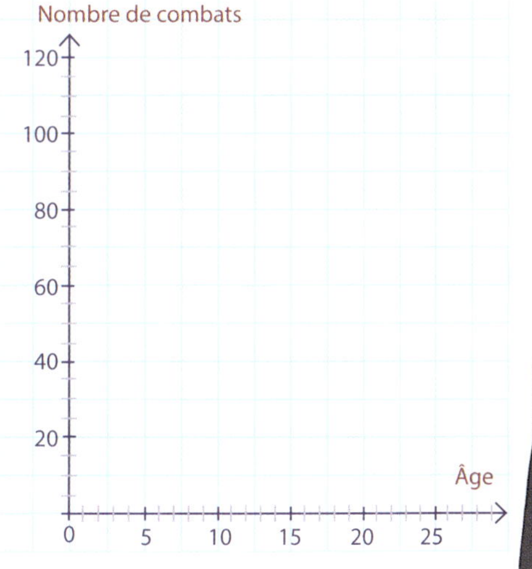

LE COMPLÉMENT CIRCONSTANCIEL

Petit rappel de cours

Les **compléments circonstanciels** (CC) enrichissent la phrase, mais ils peuvent être supprimés ou déplacés.

Le CC de temps	Le CC de lieu	Le CC de manière
Il répond à la question « Quand ? », « Depuis quand ? », « Combien de temps ? » EXEMPLE : Je vais à Konoha demain. Je vais à Konoha quand ? Demain.	Il répond à la question « Où ? », « D'où ? », « Par où ? » EXEMPLE : Je vais à Konoha demain. Je vais où ? À Konoha.	Il répond à la question « Comment ? » EXEMPLE : Je vais à Konoha rapidement. Je vais à Konoha comment ? Rapidement.
Le CC de moyen	**Le CC de cause**	**Le CC de but**
Il répond à la question « Avec quoi ? » EXEMPLE : Je vais à Konoha en bus. Je vais à Konoha avec quoi ? Un bus.	Il répond à la question « Pourquoi ? » EXEMPLE : Le toit du temple a été arraché à cause de la tempête. Pourquoi le toit du temple a-t-il été arraché ? À cause de la tempête.	Il répond à la question « Dans quel but ? » EXEMPLE : Tu t'entraînes pour devenir meilleur. Tu t'entraînes dans quel but ? Pour devenir meilleur.

1 Détermine si les mots soulignés sont des compléments d'objet ou des compléments circonstanciels.

a. Demain, Kakashi entraînera les ninjas. → ....

b. Naruto attend Sakura dans la grotte. → ....

c. Sur le chemin de l'entraînement, Naruto pense à son combat.
→ ....

d. Tous les matins, j'écris une lettre.
→ ....

2 Détermine le type des compléments circonstanciels soulignés.

a. Naruto fait tout pour gagner.
→ ....

b. Je n'arrive pas à manger avec ces baguettes. → ....

c. Le pauvre Naruto s'effondra en pleurant.
→ ....

d. Les ninjas avancent en colonne sur le terrain. → ....

e. Je reviendrai dès que je pourrai.
→ ....

f. Tu as agi ainsi par esprit de vengeance.
→ ....

3 Détermine le type des compléments circonstanciels soulignés.

a. Il vient rapidement.
→ ....

b. L'entraînement commencera dès que possible. → ....

c. Il s'y sent vraiment bien.
→ ....

d. Il joue pour gagner.
→ ....

SÉRIE STATISTIQUE ET MOYENNES

Petit rappel de cours

Une **série statistique** est un nombre de données dans un tableau.

Nombre de filles	17	12	21
Nombre total de ninjas	122	134	212

Moyenne simple : $\dfrac{\text{somme de toutes les données}}{\text{nombre total de données}}$

Calcul de la moyenne simple de filles : $\dfrac{17+12+21}{3} = \dfrac{50}{3} \approx 16{,}66$

Calcul de la moyenne pondérée par le nombre total de ninjas :

$$\dfrac{17 \times 122 + 12 \times 134 + 21 \times 212}{122 + 134 + 212} = \dfrac{2\,074 + 1\,608 + 4\,452}{468} = \dfrac{8\,134}{468} \approx 17{,}38$$

1 **Voici les notes sur 20 obtenues par Naruto lors de son dernier examen.**

12 14 7 13 20 13

Calcule la moyenne simple.

....

2 **Ces notes avaient chacune un coefficient. Calcule la moyenne pondérée.**

Note	12	14	7	13	20	13
Coefficient	2	1	3	2	2	1

Moyenne pondérée : ....

....

3 **À l'aide du diagramme en bâtons, complète la série statistique, puis calcule la moyenne pondérée.**

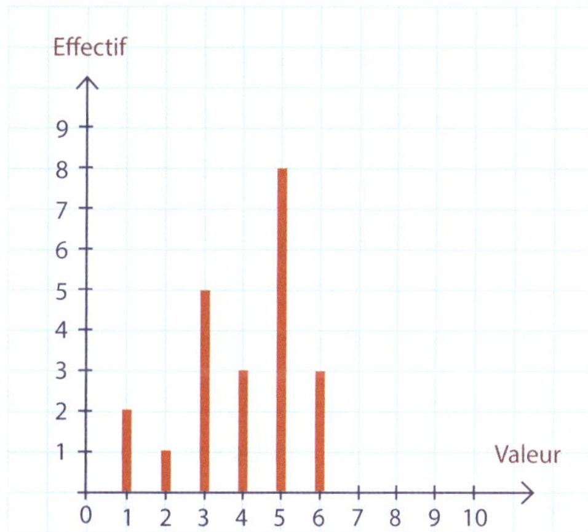

Valeur	1	2	3	4	5	6
Effectif	2					

Moyenne pondérée : ....

....

FRANÇAIS

CONJUGUER LES VERBES ÊTRE ET AVOIR À L'INDICATIF

Petit rappel de cours

Les temps de l'indicatif sont :

- **Le présent :** je suis, j'ai, je mange
- **Le futur :** je serai, j'aurai, je mangerai
- **Le passé composé :** j'ai été, j'ai eu, j'ai mangé
- **Le passé simple :** je fus, j'eus, je mangeai
- **Le passé antérieur :** j'eus été, j'eus eu, j'eus mangé
- **L'imparfait :** j'étais, j'avais, je mangeais
- **Le plus-que-parfait :** j'avais été, j'avais eu, j'avais mangé

1 Aide Naruto à conjuguer les verbes « être » et « avoir » **au présent.**

ÊTRE	AVOIR
Je	J' ....
Tu	Tu ....
Elle	Elle ....
Nous	Nous ....
Vous	Vous ....
Ils	Ils ....

2 Aide Sakura à conjuguer les verbes « être » et « avoir » **au futur.**

ÊTRE	AVOIR
Je	J' ....
Tu	Tu ....
Elle	Elle ....
Nous	Nous ....
Vous	Vous ....
Ils	Ils ....

3 Conjugue les verbes « être » et « avoir » **à l'imparfait.**

ÊTRE	AVOIR
J'	J' ....
Tu	Tu ....
Elle	Elle ....
Nous	Nous ....
Vous	Vous ....
Ils	Ils ....

4 Aide Kakashi à conjuguer les verbes « être » et « avoir » **au passé simple.**

ÊTRE	AVOIR
Je	J' ....
Tu	Tu ....
Elle	Elle ....
Nous	Nous ....
Vous	Vous ....
Ils	Ils ....

MÉDIATRICE : IDENTIFIER ET CONSTRUIRE

Petit rappel de cours

• La médiatrice d'un segment [AB] est **perpendiculaire** au segment [AB] et le coupe en son **milieu**.

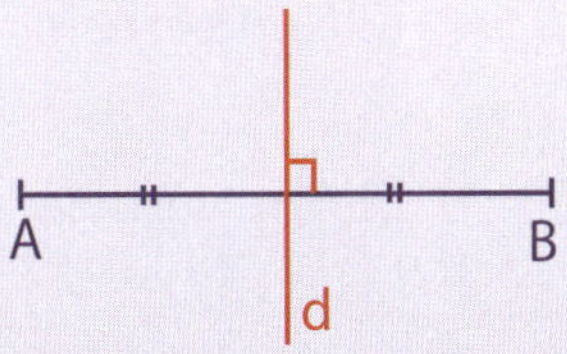

• La médiatrice d'un segment est l'**axe de symétrie** de ce segment.

Si les deux points A et B sont symétriques par rapport à la droite (d), alors (d) est la médiatrice du segment [AB].

• On peut construire une médiatrice avec une équerre et une règle.

• On peut construire une médiatrice avec un compas et une règle.

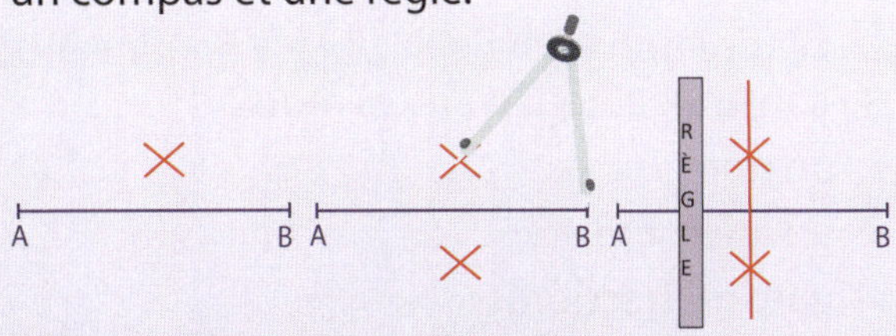

• La médiatrice d'un côté est la droite perpendiculaire à ce côté en son milieu.

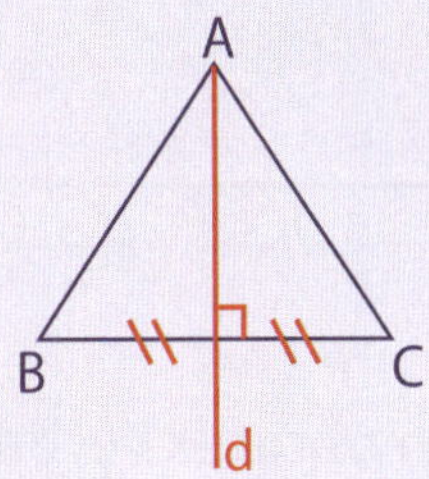

❶ Aide Sakura à construire les médiatrices de chaque segment à l'aide d'une équerre et d'une règle.

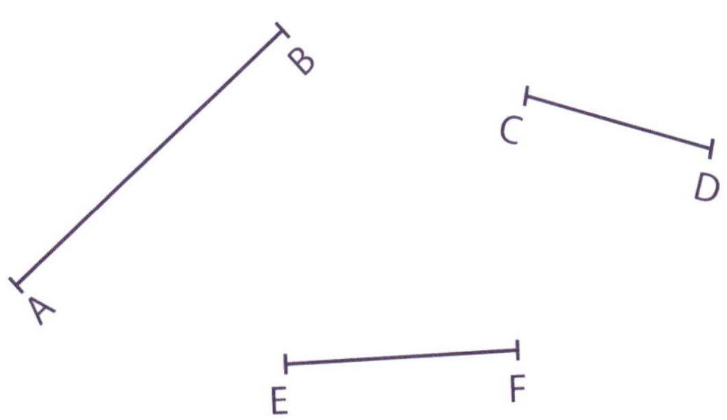

❷ Aide Sakura à construire les médiatrices de chaque segment à l'aide d'un compas et d'une règle.

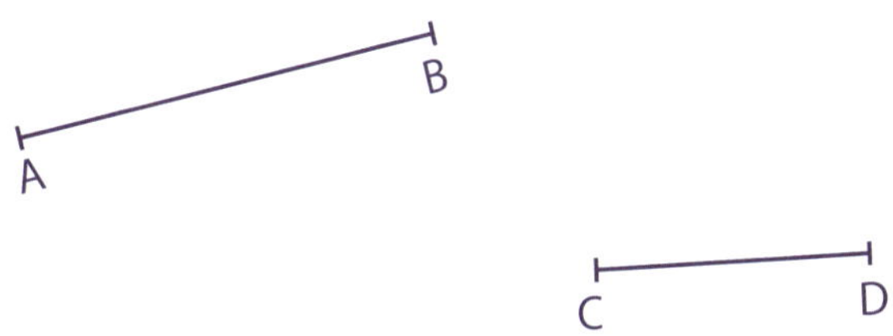

❸ La droite (d) est la médiatrice d'un segment [AB]. Retrouve le point B qui a été effacé.

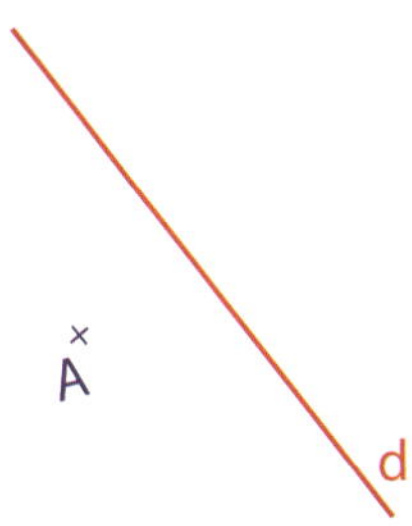

LES PHRASES VERBALES ET NON VERBALES

Petit rappel de cours

La **phrase verbale** se construit autour d'un verbe. EXEMPLE : Kakashi **se lève** d'un bond.

La phrase **non verbale** (la phrase nominale) se construit autour d'autres mots :

- un **nom.** EXEMPLE : Naruto.
- un **adverbe.** EXEMPLE : Doucement !
- une **interjection.** EXEMPLE : Stop !
- un **pronom.** EXEMPLE : Et quoi ?
- un **adjectif.** EXEMPLE : Magnifique !

1 Détermine si ces phrases sont verbales ou non verbales.

a. Les futurs résultats des entraînements.
☐ Verbale ☐ Non verbale

b. Je ne sais pas.
☐ Verbale ☐ Non verbale

c. Réfléchis-y.
☐ Verbale ☐ Non verbale

d. Demain !
☐ Verbale ☐ Non verbale

e. Le rêve de partir sur la route.
☐ Verbale ☐ Non verbale

f. Quel temps affreux !
☐ Verbale ☐ Non verbale

g. Depuis une semaine, Naruto semble inquiet.
☐ Verbale ☐ Non verbale

2 Transforme ces phrases non verbales en phrases verbales.

a. Interdiction d'entrer. → ....

b. Attention, travaux sur la route ! → ....

c. Colère de Naruto suite au retard de Kakashi. → ....
....

d. Combat spectaculaire entre Naruto et Sasuke.
→ ....
....

3 Réponds aux questions en utilisant des phrases verbales.

a. As-tu vu Naruto ce matin ? **Non,** ....

b. Comment ? Tu as encore perdu ? **Oui,** ....

c. Il faut partir. **Vite,** ....

d. Qui est parti ce matin ? **Sakura** ....

4 Transforme ces phrases verbales en phrases non verbales.

a. Un ninja est mort. → ....

b. L'entraînement est arrêté. → ....

c. Cette entrée est interdite. → ....

d. L'âge est limité à 15 ans. → ....

LA SYMÉTRIE AXIALE ET LA SYMÉTRIE CENTRALE

Petit rappel de cours

- Le **symétrique d'un point** est un point.
- Le **symétrique d'un carré** est un carré.
- Le **symétrique d'un segment** est un segment de même longueur.
- Le **symétrique d'un angle** est un angle de même mesure.

La symétrie axiale	La symétrie centrale
Le symétrique d'un point A par rapport à une droite (d) est le point A' tel que la droite (d) est la médiatrice du segment [AA'].	Deux figures A et A' sont symétriques par rapport à un point O si elles se superposent en faisant un demi-tour par rapport à O. O est le **centre de symétrie.**

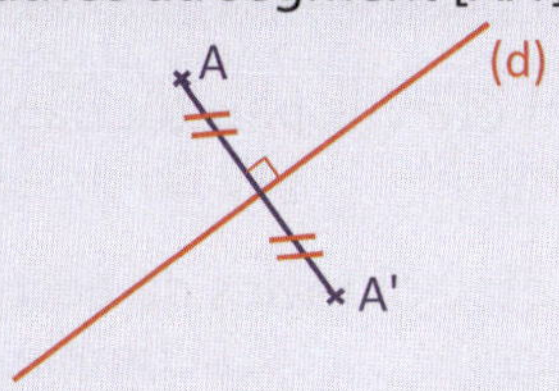

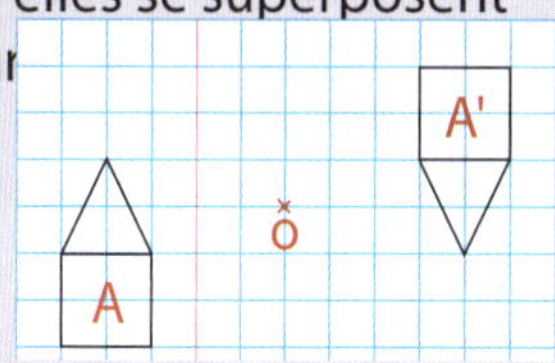

1 **Construis au compas les symétriques des points A, B et C par rapport à la droite (d).**

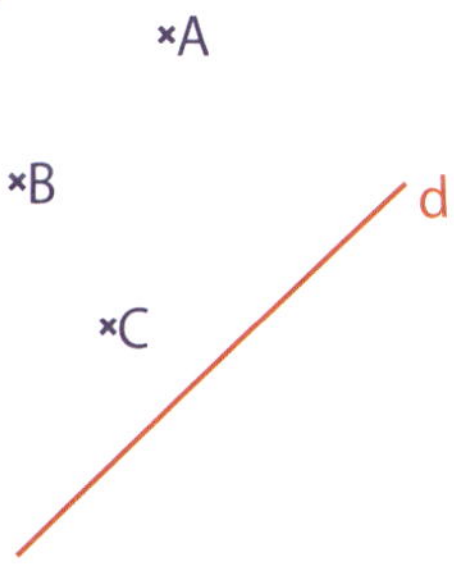

2 **Trace les symétriques de ces figures par rapport à la droite (d).**

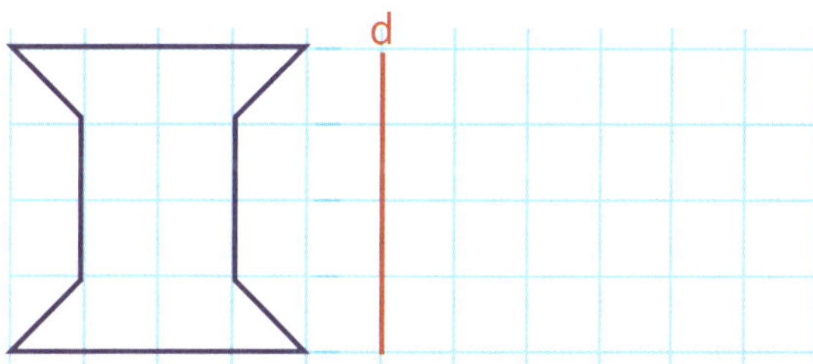

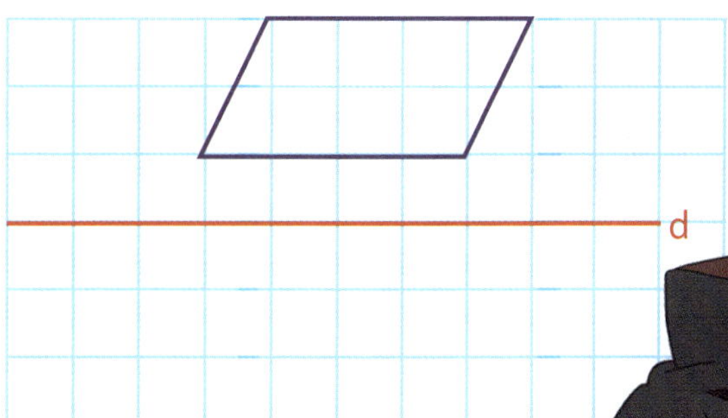

3 **Complète la figure en construisant le symétrique du triangle ABC par rapport au point O.**

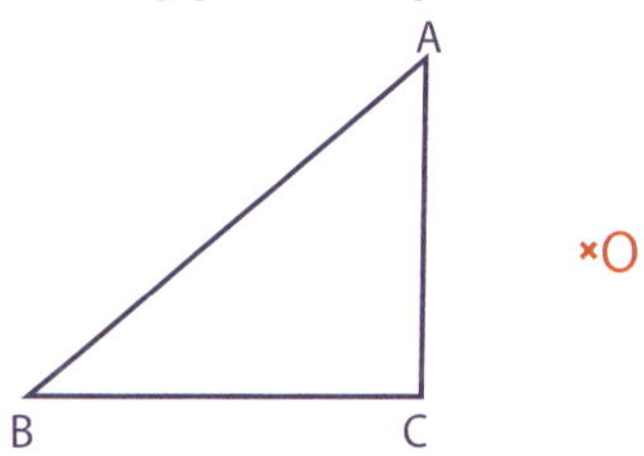

4 **Retrouve le centre de symétrie de ces figures. Appelle ce point O.**

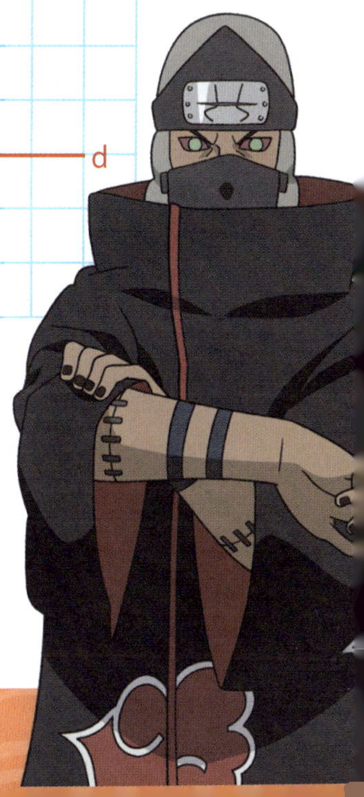

FRANÇAIS

PHRASES SIMPLES ET COMPLEXES

Petit rappel de cours

Une **phrase simple** comporte un seul verbe conjugué, donc une seule proposition.

EXEMPLE : Naruto mange des ramen.

Une **phrase complexe** comporte plusieurs verbes conjugués, donc plusieurs propositions.

Les phrases complexes peuvent être :

- **juxtaposées.**
  EXEMPLE : Naruto mange des ramen ; il a faim.
- **coordonnées.**
  EXEMPLE : Naruto mange des ramen car il a faim.
- **subordonnées.**
  EXEMPLE : Naruto mange des ramen parce qu'il a faim.

1 Détermine si ces phrases sont simples ou complexes.

a. Une épée est accrochée à son dos.
☐ Simple ☐ Complexe

b. Voilà à quoi ressemblent les soupes que j'ai mangées.
☐ Simple ☐ Complexe

c. Kakashi et Naruto sont tombés de haut quand ils ont appris la nouvelle.
☐ Simple ☐ Complexe

d. Ils ont été vus plus tôt dans la journée.
☐ Simple ☐ Complexe

e. Elles étaient ravies de découvrir Konoha.
☐ Simple ☐ Complexe

2 Souligne la proposition principale en bleu et la proposition subordonnée en rouge.

a. Il lui a demandé si elle venait demain.

b. La victoire semble acquise parce qu'il a bien démarré.

c. Quand cette année sera passée, Naruto recommencera à s'entraîner.

d. Fatiguées d'avoir combattu, les deux filles se sont endormies immédiatement.

3 Transforme les phrases comme dans l'exemple.

EXEMPLE : Naruto dit : « Je vais manger ma soupe. » → Naruto dit qu'il va manger sa soupe.

a. Sasuke affirme : « Je t'ai donné des ramen pour te faire plaisir. »
→ ....

b. Kakashi dit : « Vous devez vous battre ! »
→ ....

c. Naruto et Sakura pensent : « Ces récits sont très personnels. »
→ ....

4 Construis des phrases complexes à partir des deux propositions indépendantes, en choisissant des connecteurs différents.

a. Nous ne pourrons pas aller manger. Tu rentres à peine de l'entraînement.
→ ....

b. Sakura aère le salon. L'air frais pénètre dans la pièce.
→ ....

c. Naruto se balade dans Konoha. Il adore ça.
→ ....

LES ANGLES

Petit rappel de cours

Deux angles adjacents sont deux angles qui ont un côté et un sommet communs, et qui sont situés de part et d'autre de ce sommet commun.	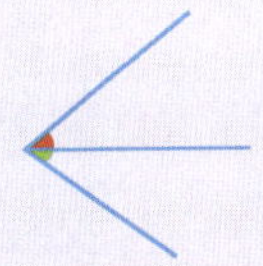
Deux angles sont complémentaires si la somme de leurs mesures fait 90°.	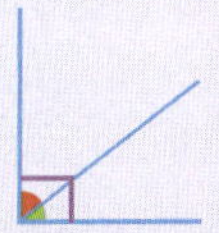
Deux angles sont supplémentaires si la somme de leurs mesures fait 180°.	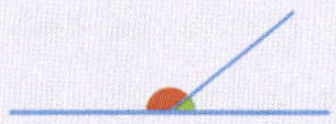
Deux angles opposés par le sommet ont la même mesure.	
Deux angles disposés de part et d'autre d'une droite (d) et situés entre les droites (d1) et (d2) sont des **angles alternes-internes**.	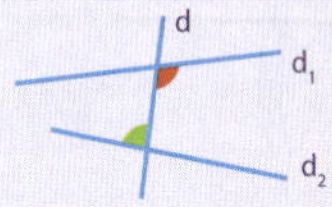
Si deux droites coupées par une sécante forment des angles alternes-internes de même mesure, alors ces deux droites sont parallèles.	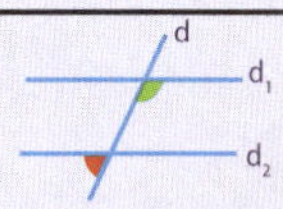

1 **Colorie d'une couleur différente chaque paire d'angles alternes-internes.**

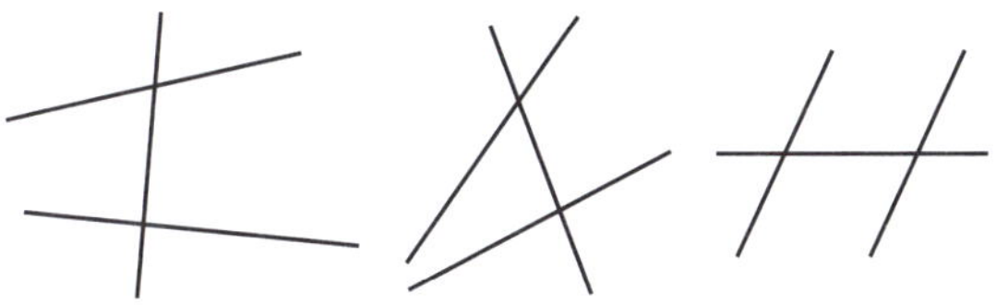

2 **Observe la figure ci-dessous et complète les phrases.**

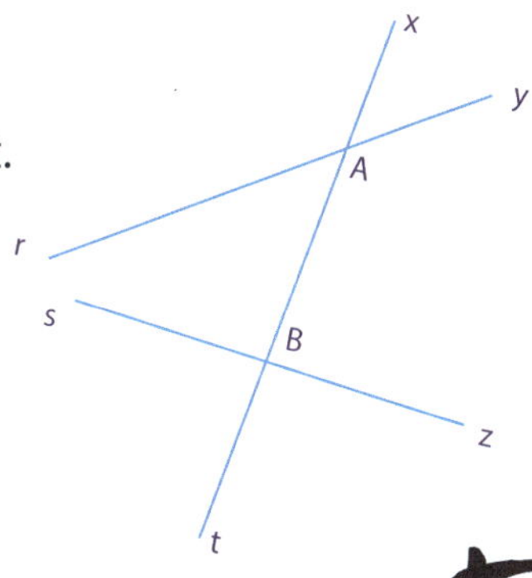

a. $\widehat{xAy}$ et .... sont opposés par le sommet.

b. $\widehat{sBt}$ et .... sont opposés par le sommet.

c. $\widehat{rAt}$ et .... sont alternes-internes.

d. $\widehat{sBA}$ et $\widehat{ABz}$ sont ....

3 **Sachant que (xy) et (rs) sont parallèles, détermine la mesure des angles.**

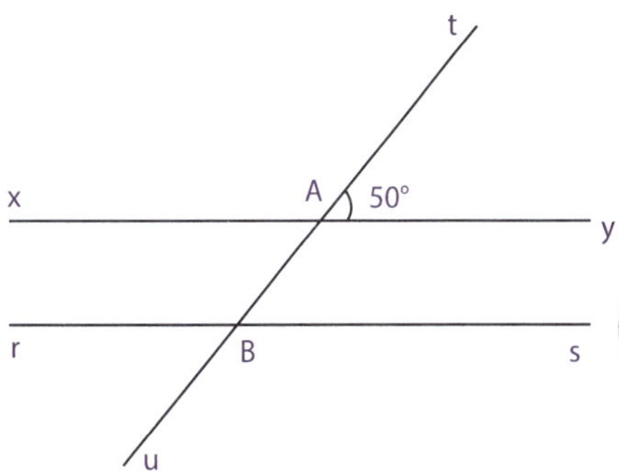

$\widehat{xAt}$ = ... $\widehat{rBt}$ = ...

$\widehat{xAy}$ = ... $\widehat{rBA}$ = ...

$\widehat{xAB}$ = ... $\widehat{rBs}$ = ...

$\widehat{xAu}$ = ... $\widehat{rBu}$ = ...

$\widehat{uAt}$ = ... $\widehat{uBt}$ = ...

$\widehat{yAB}$ = ... $\widehat{ABS}$ = ...

$\widehat{yAu}$ = ... $\widehat{uBs}$ = ...

LA FORME ACTIVE ET LA FORME PASSIVE

Petit rappel de cours

- À la **forme active**, le sujet fait l'action.
  EXEMPLE : Naruto accueille les nouveaux.
- À la **forme passive**, le sujet subit l'action.
  EXEMPLE : Les nouveaux sont accueillis par Naruto.

La forme passive se construit ainsi :
sujet + verbe à la forme passive + préposition (**de** ou **par**) + complément d'agent.

1 Détermine si ces phrases sont à la forme active ou à la forme passive.

a. Le grenier est envahi par les araignées.
☐ Active ☐ Passive

b. Tout le monde admire Naruto.
☐ Active ☐ Passive

c. Le shuriken a été abandonné par Naruto.
☐ Active ☐ Passive

d. Sakura a fait passer le message.
☐ Active ☐ Passive

e. Cet endroit est apprécié de tous les ninjas.
☐ Active ☐ Passive

2 Transforme ces phrases à la forme passive.

a. Deidara a combattu Gaara. → ....

....

b. Sakura attend Naruto. → ....

....

c. Naruto a parcouru de nombreux kilomètres. → ....

....

d. Naruto écoute les enseignements sacrés de Kakashi. → ....

....

3 Indique le temps des formes verbales passives soulignées.

a. Il <u>a été poursuivi</u> toute la journée.

→ ....

b. La guerre <u>avait été déclarée</u> deux ans auparavant.

→ ....

c. Le résumé <u>était raconté</u> par Kakashi.

→ ....

d. Naruto et Sakura <u>furent enfermés</u> malgré eux.

→ ....

LES TRIANGLES

Petit rappel de cours

Le triangle isocèle	Le triangle équilatéral	Le triangle rectangle
Il a deux côtés de même longueur et deux de ses angles font la même mesure.	Il a trois côtés de même longueur et ses trois angles font la même mesure (60°).	Il a un angle droit (90°). La somme des deux autres angles est donc égale à 90°.
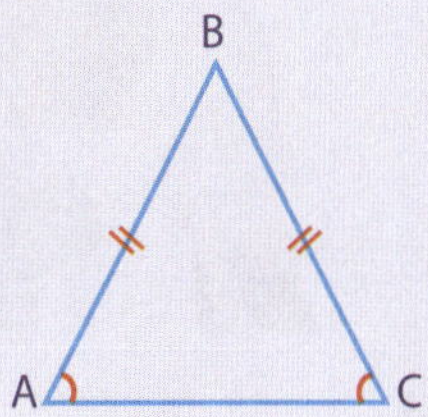	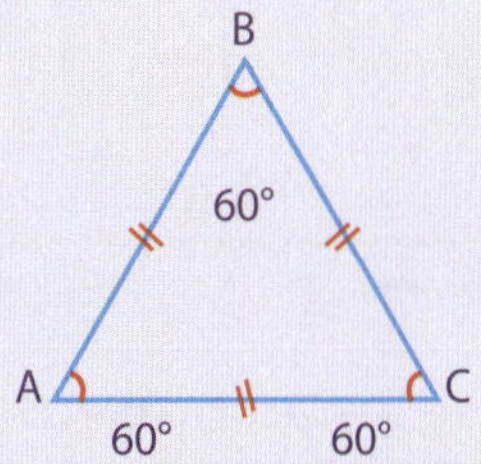	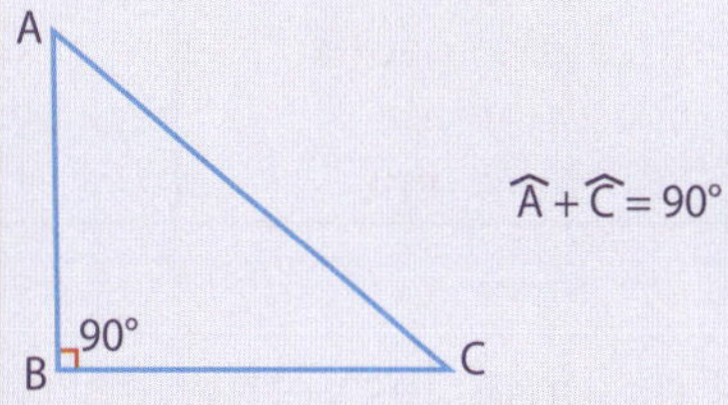

La somme des mesures d'un triangle est égale à 180°.

1 **Trace un triangle ABC tel que AB = 6 cm, l'angle $\widehat{BAC}$ mesure 65° et l'angle $\widehat{ABC}$ mesure 65°. Quelle est la nature du triangle ?**

....

Combien mesure l'angle $\widehat{ACB}$?

....

2 **Calcule l'angle Â pour chaque triangle.**

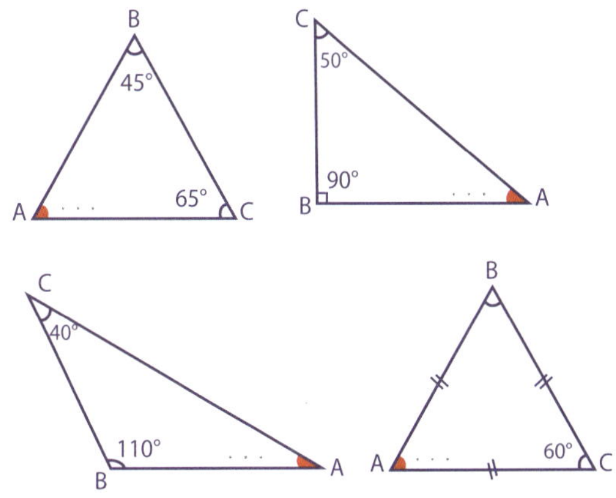

3 **Calcule les angles des triangles ABC et BDE.**

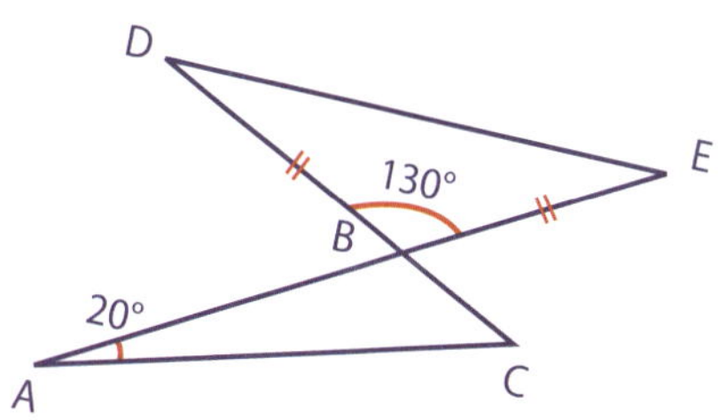

$\widehat{BDE}$ = ...

$\widehat{ABC}$ = ...

$\widehat{DEB}$ = ...

$\widehat{BCA}$ = ...

LE PRÉSENT DE L'INDICATIF

Petit rappel de cours

Verbes du 1er groupe comme manger	Verbes en -ir, -re, -oir, -oudre		Verbes comme vouloir, valoir, pouvoir
Je mang**e** Tu mang**es** Il mang**e** Nous mang**eons** Vous mang**ez** Elles mang**ent**	Je fin**is** Tu fin**is** Il fin**it** Nous fin**issons** Vous fin**issez** Elles fin**issent**	Je voi**s** Tu voi**s** Il voi**t** Nous voy**ons** Vous voy**ez** Elles voi**ent**	Je peu**x** Tu peu**x** Il peu**t** Nous pouv**ons** Vous pouv**ez** Elles peuv**ent**

1 Conjugue les verbes entre parenthèses au présent de l'indicatif.

a. Je (*prendre*) .... de nouvelles décisions.

b. Naruto (*être*) .... le ninja le plus imprévisible du village.

c. Sakura (*reconnaître*) .... Naruto sans difficulté.

d. Naruto et Sakura (*faire*) .... d'énormes progrès.

e. Ils (*demander*) .... de l'aide car ils (*dire*) .... ne pas pouvoir se débrouiller seuls.

f. Vous n'irez pas aussi loin que vous le (*penser*) ....

g. Je (*craindre*) .... de ne pas pouvoir t'aider.

h. Tu (*perdre*) .... ton temps.

i. (*Pouvoir*) .... -tu prendre le shuriken caché dans l'armoire ?

j. Naruto (*suivre*) .... la voie de la sagesse.

2 Complète avec la bonne terminaison du présent de l'indicatif.

a. Vous di...... tout et son contraire.

b. Je pren...... les décisions que je veu...... .

c. Je ne vai...... pas me battre, même si je peu...... le faire !

d. Je ne me soumet...... pas aux ordres que tu me donne...... .

e. Vous le fai...... si vous voul...... .

3 Conjugue ces verbes à la 1re personne du présent de l'indicatif.

a. prendre → je ....

b. confondre → je ....

c. connaître → je ....

d. décrire → je ....

e. exclure → j' ....

f. effectuer → j' ....

4 Complète le tableau de conjugaison.

Craindre	Aller	Courir	Résoudre	Pouvoir
Je crains	Je	Je cours	Je	Je peux
Il	Il va	Il court	Il résout	Il ....
Nous	Nous	Nous	Nous	Nous pouvons
Elles craignent	Elles vont	Elles	Elles résolvent	Elles ....

LES PARALLÉLOGRAMMES

Petit rappel de cours

- Un **parallélogramme** est un quadrilatère dont les côtés sont parallèles deux à deux. Ses diagonales se coupent en leur milieu. Le point d'intersection (O) est un centre de symétrie. Ses angles opposés sont de même mesure.

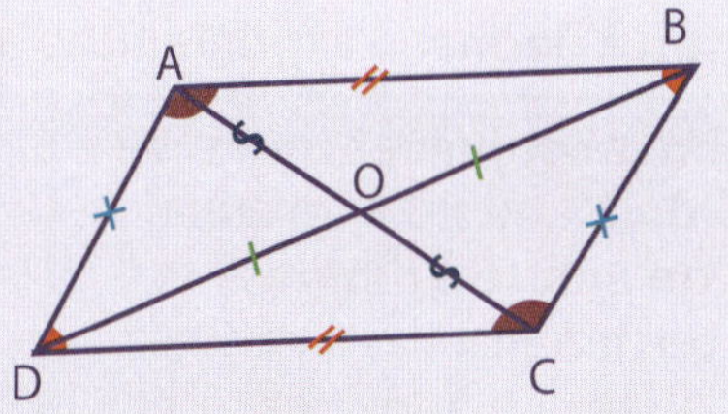

- Le **rectangle**, le **losange** et le **carré** sont des parallélogrammes particuliers.

1 Observe ces quadrilatères et repère les parallélogrammes.

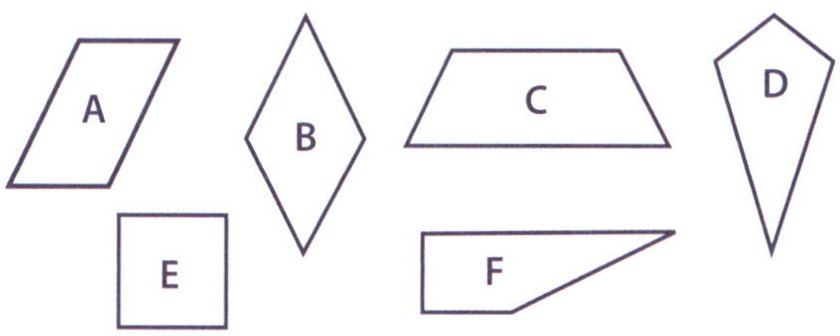

Parallélogrammes : ....

2 Observe le parallélogramme ABCD et complète les phrases.

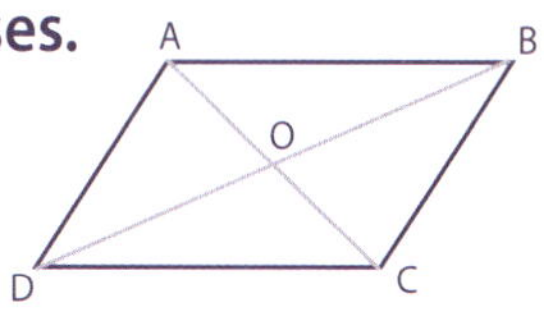

- Le point A est le symétrique du point .... par rapport au centre de symétrie ....
- Le segment [AD] est le symétrique du segment .... par rapport au centre de symétrie ....

AO = ... DO = ...

$\widehat{ADC}$ = ...

3 Complète les mesures de ce parallélogramme.

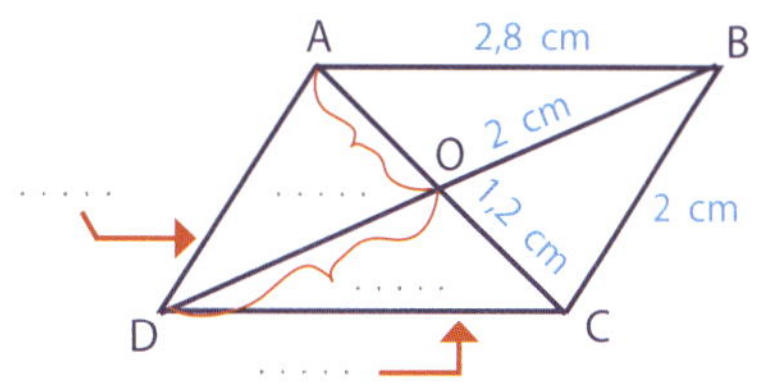

4 Construis un parallélogramme LION dont les diagonales mesurent 4 cm et 6 cm. Elles se coupent en P. Note les angles égaux et les mesures égales.

LE FUTUR DE L'INDICATIF

Petit rappel de cours

Le **futur** permet d'exprimer **une action qui va se passer dans l'avenir.**

Pour conjuguer un verbe du 1er ou du 2e groupe, on ajoute à l'infinitif les terminaisons suivantes : -ai, -as, -a, -ons, -ez, -ont.	Les verbes du 3e groupe ont des conjugaisons irrégulières, mais gardent les mêmes terminaisons : -ai, -as, -a, -ons, -ez, -ont.	Les verbes terminant par -yer voient leur futur changer.
Je finir**ai**	Voir → Je verr**ai**	J'essaier**ai**
Tu finir**as**	Venir → Je viendr**ai**	Tu essaier**as**
Il finir**a**	Pouvoir → Je pourr**ai**	Il essaier**a**
Nous finir**ons**		Nous essaier**ons**
Vous finir**ez**		Vous essaier**ez**
Ils finir**ont**		Ils essaier**ont**

1 Conjugue les verbes entre parenthèses au futur.

a. Nous (*appuyer*) .... ta demande.
b. Vous (*servir*) .... les ramen.
c. Vous (*être*) .... de bons ninjas.
d. Je (*pouvoir*) .... venir te voir demain.
e. Nous (*appeler*) .... Naruto au secours.
f. Vous (*voir*) ...., ça (*aller*) ....
g. Il (*combattre*) .... demain.
h. Vous nous (*dire*) .... la vérité.

2 Conjugue ces verbes au futur à la personne indiquée.

a. Dire → Je ....
b. Tenir → Vous ....
c. Voir → Elle ....
d. Jeter → Tu ....
e. Mettre → Ils ....
f. Venir → Nous ....
g. Peindre → Vous ....

3 Colorie le verbe quand il est écrit correctement.

a. J'[appelerai] - [appellerai] Naruto.
b. Tu [essuieras] - [essuiras] la vaisselle.
c. Nous [appuirons] - [appuierons] sur le champignon.
d. Je [ferais] - [ferai] ce que tu voudras.
e. Je [courirai] - [courrai] aussi vite que possible.

4 Complète le tableau de conjugaison.

Laver	Aller	Payer	Jeter	Pouvoir
Je	J'	Je paierai	Je	Je pourrai
Tu laveras	Tu iras	Tu paieras	Tu jetteras	Tu ....
Il lavera	Il ira	Il paiera	Il jettera	Il ....
Nous	Nous	Nous	Nous	Nous pourrons
Vous laverez	Vous	Vous	Vous jetterez	Vous ....
Elles	Elles iront	Elles paieront	Elles	Elles pourront

L'AIRE D'UN TRIANGLE ET D'UN PARALLÉLOGRAMME

Petit rappel de cours

- L'**aire** d'une figure est la mesure de la surface intérieure de la figure. Elle s'exprime en cm^2, en m^2…

- **Aire d'un triangle :** (**base** × **hauteur**) ÷ 2

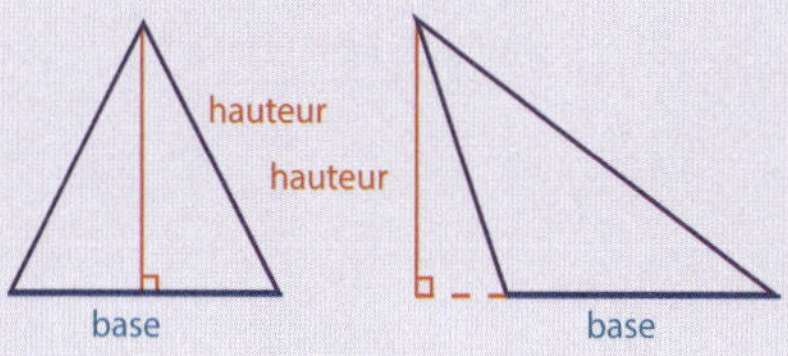

- **Aire d'un parallélogramme :** **base** × **hauteur**

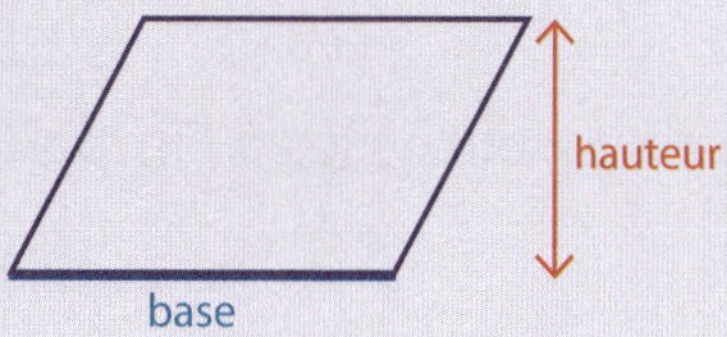

- **Aire d'un carré :** c×c

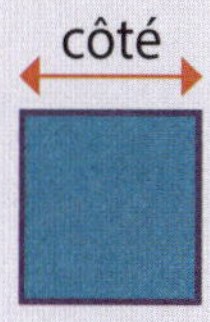

1 Indique l'aire de chaque figure.

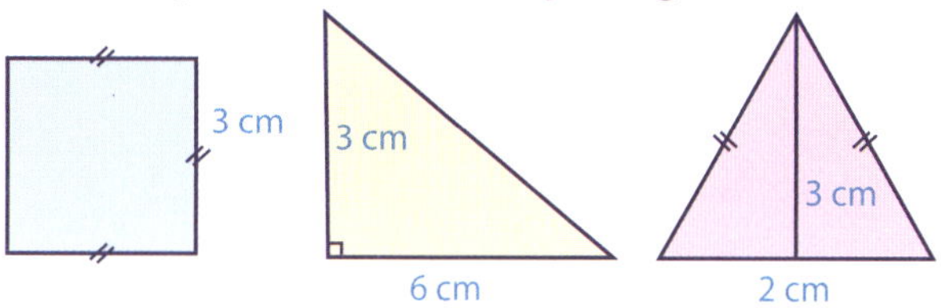

Aire : ....

Aire : ....

Aire : ....

2 L'aire du triangle ABC est de 6 cm^2. Le côté [AC] mesure 4 cm. Quelle est la hauteur du triangle ? Aide Gaï à noter les repères sur le schéma et à résoudre cette énigme.

....

....

....

....

....

....

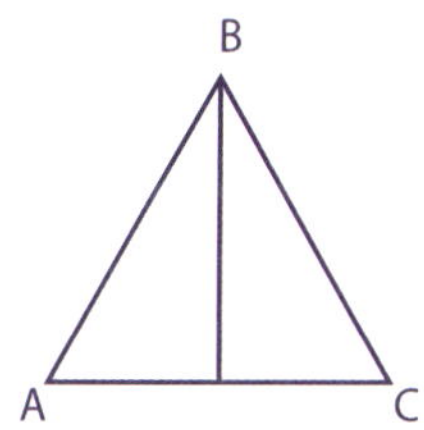

3 Calcule l'aire du parallélogramme.

a. Si AB mesure 7 cm et ST mesure 3 cm :

....

....

b. Si DC mesure 12 dam et ST mesure 4 dam :

....

....

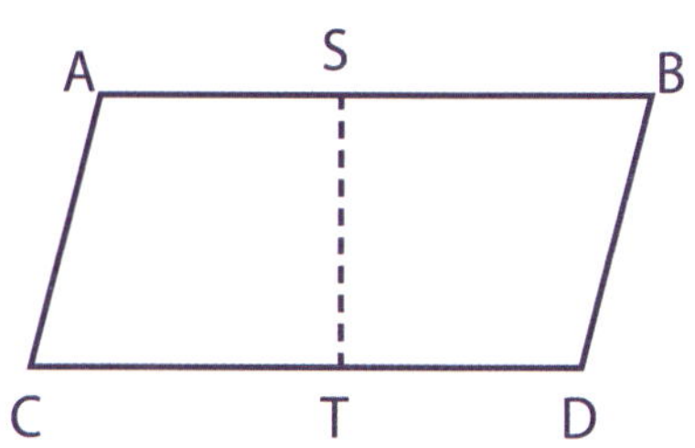

L'IMPARFAIT

Petit rappel de cours

À l'**imparfait**, les terminaisons sont les mêmes pour tous les verbes : **-ais**, **-ais**, **-ait**, **-ions**, **-iez**, **-aient**.

Je mange**ais**
Tu mange**ais**
Il mange**ait**
Nous mang**ions**
Vous mang**iez**
Elles mange**aient**

1 Colorie les verbes à l'imparfait.

Tu voudrais
Tu voulais
Vous partiez
Vous prendrez
Nous voyons
Je riais
Je rirai
Nous demandions
Elle changea
Ils balancent
Vous rentreriez
Vous rentriez

2 Conjugue les verbes entre parenthèses à l'imparfait.

a. Vous (*dévaler*) .... les escaliers rapidement.

b. Il (*venir*) .... tous les ans au concours.

c. Je ne (*pouvoir*) .... pas venir.

d. Nous (*être*) .... plus nombreux.

e. Tu (*penser*) .... que tu (*pouvoir*) .... compter sur lui.

f. Vous (*rencontrer*) .... son père.

3 Conjugue ces verbes à l'imparfait à la personne indiquée.

a. Prendre → Je ....

b. Mettre → Vous ....

c. Aimer → Elle ....

d. Construire → Tu ....

e. Voir → Ils ....

f. Paraître → Nous ....

g. Sembler → Vous ....

h. Penser → Je ....

4 Complète le tableau de conjugaison.

Scier	Balayer	Donner	Crier	Foncer
Je	Je balayais	Je donnais	Je	Je fonçais
Tu sciais	Tu	Tu donnais	Tu criais	Tu ....
Il sciait	Il balayait	Il	Il criait	Il fonçait
Nous	Nous	Nous donnions	Nous	Nous foncions
Vous	Vous	Vous	Vous	Vous ....
Ils sciaient	Ils balayaient	Ils donnaient	Ils criaient	Ils ....

LE PÉRIMÈTRE ET L'AIRE DU CERCLE

MATHS

Petit rappel de cours

- Périmètre du cercle : $p = 2 \times \pi \times r$
- Aire du cercle : $a = \pi \times r \times r = \pi r^2$

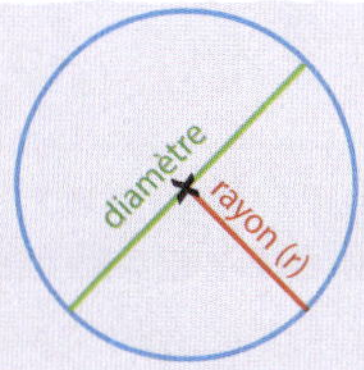

1 On considère un cercle de centre O et de rayon 2,8 m.
Quel est son périmètre ?

....

....

2 On considère un cercle de centre O et de rayon 2,2 m.
Quelle est son aire ?

....

....

3 Complète le tableau en calculant deux chiffres après la virgule (à 0,01 près).

Rayon	Périmètre	Aire
2 cm	....	....
5 cm	....	....
....	10 cm	....

4 Naruto demande à Sakura de l'aider à calculer l'aire de la figure en bleu.

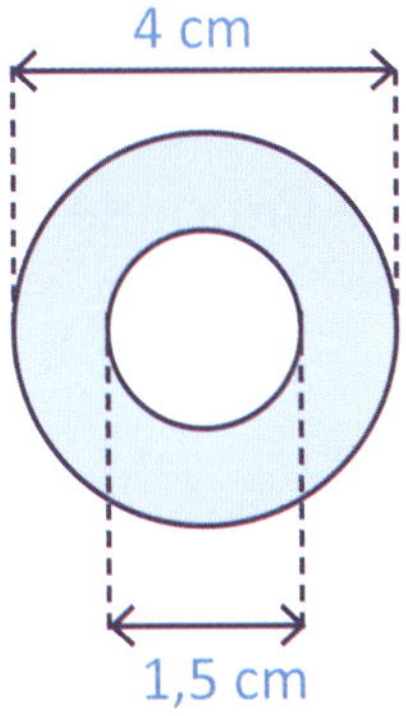

....

....

....

....

....

LE PASSÉ SIMPLE

Petit rappel de cours

Pour conjuguer les verbes en -er, les terminaisons sont : -ai, -as, -a, -âmes, -âtes, -èrent.	Pour conjuguer les verbes en -ir, -oir ou -re, les terminaisons sont : -us, -us, -ut, -ûmes, -ûtes, -urent ou : -is, -is, -it, -îmes, -îtes, -irent.		Pour conjuguer les verbes comme tenir ou leurs dérivés, les terminaisons sont : -ins, -ins, -int, -înmes, -întes, -inrent.
Je chant**ai**	Je cour**us**	Je fin**is**	Je v**ins**
Tu chant**as**	Tu cour**us**	Tu fin**is**	Tu v**ins**
Il chant**a**	Il cour**ut**	Il fin**it**	Il v**int**
Nous chant**âmes**	Nous cour**ûmes**	Nous fin**îmes**	Nous v**înmes**
Vous chant**âtes**	Vous cour**ûtes**	Vous fin**îtes**	Vous v**întes**
Elles chant**èrent**	Elles cour**urent**	Elles fin**irent**	Elles v**inrent**

1 Entoure les verbes au passé simple.

Je sortis
Tu deviens
Elles sentaient
Il arriva
Vous prîtes
Il reprend
Elles voulurent
Ils allèrent
Tu mordais
Tu aimas
Il lut
Ils prescrivirent

2 Complète avec la terminaison qui convient au passé simple.

a. Tu agit......
b. Ils prir......
c. Nous ressembl......
d. Vous réun......
e. Il régn........
f. Vous fini......
g. Je cour.......

3 Relie chaque forme à son infinitif.

Nous batîmes •	• être
Vous battîtes •	• bâtir
Elle but •	• faire
Tu fis •	• pouvoir
Je fus •	• puer
Ils puèrent •	• battre
Ils purent •	• boire

4 Conjugue ces verbes au passé simple à la personne indiquée.

a. Dominer → Je ....
b. Partir → Vous ....
c. Finir → Elle ....
d. Poursuivre → Tu ....
e. Mettre → Ils ....
f. Venir → Nous ....
g. Conquérir → Vous ....
h. Vivre → Je ....

UNITÉS DE MESURE DU TEMPS ET DE VITESSE

Petit rappel de cours

- 1 jour = 24 heures
- 1 heure = 60 minutes = 3 600 secondes
- **1 minute = 60 secondes**
- Pour additionner ou soustraire des durées, on additionne ou on soustrait les minutes entre elles, puis les heures entre elles.

  Quand l'une des sommes est supérieure ou égale à 60, on doit la convertir.

  5 h 67 min = 5 h + 67 min

  = 5 h + 1 h + 7 min

  = 6 h 7 min

- Pour calculer une vitesse moyenne, on utilise la formule :

  $v = \frac{d}{t}$, où v = vitesse, d = distance et t = temps.

  Si Naruto court 10 km en 40 minutes, sa vitesse moyenne est de 0,25 km/minute car :

  $10 \div 40 = 0,25$

  On peut convertir en km/h :

  0,25 km ⟶ 1 minute ⟶ $0,25 \times \frac{60}{1} = 15$ km

  Naruto parcourt 15 km en 60 minutes, ce qui équivaut à une vitesse de 15 km/h.

1 Naruto est parti à 10 h 13 pour l'entraînement. Il est arrivé à 12 h 08. Au retour, il a mis 1 h 56 min. Quel est le trajet le plus rapide : l'aller ou le retour ?

....

....

2 Voici le top départ des entraînements. Complète le tableau.

Départ	Durée	Arrivée
8 h 56	....	12 h 21
10 h 18	3 h 51 min	....
....	4 h 27 min	16 h 52

3 Sakura voyage en voiture. Le véhicule consomme 6 L aux 100 km. Quelle est la consommation de carburant en km par litre de carburant, à 0,01 près ?

....

....

....

4 Kakashi voyage en train. Son trajet a duré 2 h 22 min pour parcourir 710 km. Quelle est la vitesse moyenne du train en km/min ? Et en km/h ?

....

....

....

LES ACCORDS DU PARTICIPE PASSÉ

Petit rappel de cours

- Le **participe passé** peut être employé sans auxiliaire. Il s'accorde alors en genre et en nombre avec le sujet, et est assimilé à un adjectif.
  EXEMPLE : Elle rentra énervée et agacée.
- Le **participe passé** peut être employé avec l'auxiliaire :
  Avoir : le participe passé ne s'accorde pas avec le sujet.
  EXEMPLE : Elle a mangé une soupe.
  Mais si le COD est placé avant le verbe, le participe passé s'accorde avec le COD.
  EXEMPLES : La soupe que j'ai mangée. → « La soupe » est le COD.
  Je l'ai mangée en vitesse. → « l' » est le COD qui remplace « la soupe ».
  Être : le participe passé s'accorde avec le sujet.
  EXEMPLE : Mes amies sont venues voir l'entraînement.

1 Complète avec il, elle, ils ou elles.

a. ...... est venue.
b. ...... sont parties.
c. ...... sont arrivés.
d. ...... est parti.
e. ...... est prise.
f. ...... est resté.

2 Accorde les participes passés quand il le faut.

a. J'ai essayé ...... de venir plus tôt, mais Sakura est coincé ...... dans la maison.

b. Naruto a observé ...... le combat qui a opposé ...... Sakura à Sasuke.

c. Ils ont été vu ...... plus tôt dans la journée.

d. Naruto et Sakura ont écouté ...... attentivement les conseils.

e. Kakashi et Naruto sont tombé ...... de haut quand ils ont appris ...... la nouvelle.

f. Sakura est descendu ...... la première.

3 Forme le participe passé au masculin de ces verbes.

a. Paraître → ....
b. Proposer → ....
c. Venir → ....
d. Prendre → ....
e. Mentir → ....
f. Parvenir → ....
g. Écrire → ....
h. Dire → ....
i. Permettre → ....
j. Tordre → ....

4 Conjugue ces verbes au passé composé sans changer la personne.

a. Je joue → ....
b. Tu sais → ....
c. Il combat → ....
d. Nous mettons → ....
e. Vous tenez → ....
f. Ils comprennent → ....

REPRÉSENTATION DANS L'ESPACE DE SOLIDES

Petit rappel de cours

Un **prisme droit** est un solide :
- dont les deux bases sont des polygones (triangle, quadrilatère…) superposables ;
- dont les faces latérales sont des rectangles.

Un **cylindre** est un solide :
- dont les deux bases sont des cercles superposables ;
- qui n'a ni sommets ni arêtes.

Prisme droit à base triangulaire	Prisme droit à base pentagonale	Cylindre
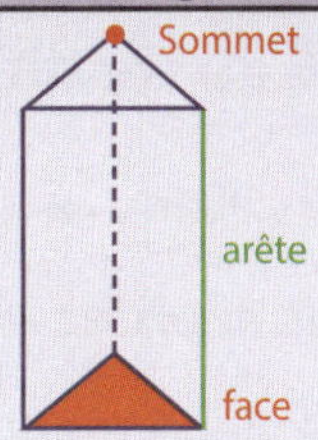	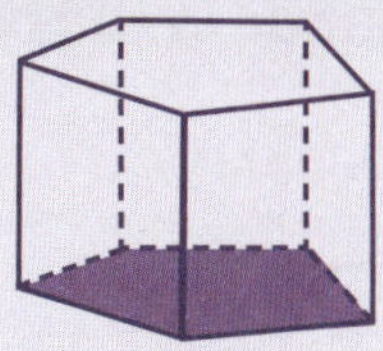	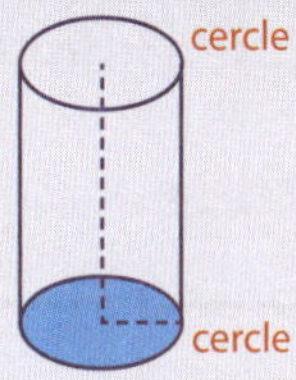

1 **Parmi les solides suivants, colorie les cylindres en rouge et les prismes en bleu.**

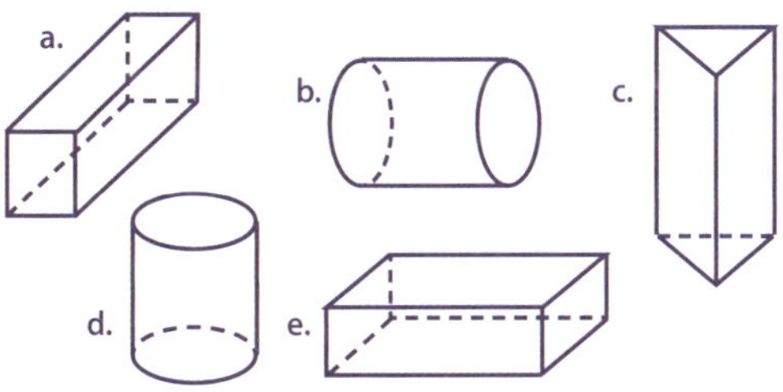

2 **Complète le tableau en comptant le nombre de sommets, de faces et d'arêtes de chaque solide de l'exercice 1.**

Solide	Nombre de sommets	Nombre de faces	Nombre d'arêtes
a			
b			
c			
d			
e			

3 **Complète la figure suivante pour obtenir un cylindre.**

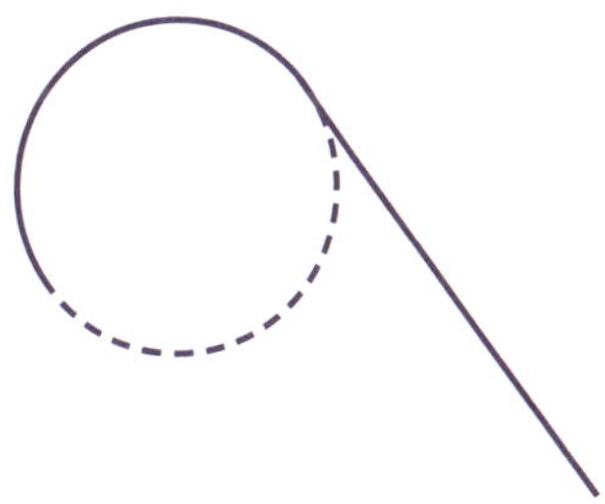

LE PRÉSENT DU CONDITIONNEL

Petit rappel de cours

Le **présent du conditionnel** se forme la plupart du temps avec l'**infinitif** et les **terminaisons des verbes de l'imparfait** :
-ais, **-ais**, **-ait**, **-ions**, **-iez**, **-aient**.

Je manger**ais**
Tu manger**ais**
Elle manger**ait**
Nous manger**ions**
Vous manger**iez**
Ils manger**aient**

1 Colorie les verbes au présent du conditionnel.

- Tu croirais
- Tu voudras
- Ils penseraient
- Vous prendrez
- Nous voyons
- Je riais
- Je rirais
- Nous demanderions
- Elle changea
- Ils balancent
- Vous rentreriez
- Vous rentriez

2 Indique l'infinitif de chaque verbe conjugué au conditionnel.

a. Je lierais → ....
b. Nous prendrions → ....
c. Ils auraient → ....
d. Nous irions → ....
e. Vous pourriez → ....
f. Elles viendraient → ....

3 Conjugue ces verbes au présent du conditionnel à la 1re personne du singulier.

a. Tenir → Je ....
b. Mourir → Je ....
c. Poursuivre → Je ....
d. Devenir → Je ....
e. Prendre → Je ....
f. Dormir → Je ....

4 Complète le tableau de conjugaison incomplet.

Faire	Venir	Prendre	Dire	Crier
Je ferais	Je	Je prendrais	Je dirais	Je ....
Tu ferais	Tu	Tu prendrais	Tu	Tu ....
Il ferait	Il viendrait	Il prendrait	Il dirait	Il crierait
Nous	Nous viendrions	Nous	Nous	Nous ....
Vous	Vous viendriez	Vous prendriez	Vous diriez	Vous ....
Ils	Ils viendraient	Ils	Ils diraient	Ils crieraient

CALCULER DES EFFECTIFS ET DES FRÉQUENCES

Petit rappel de cours

- Dans une série statistique, l'**effectif d'une valeur** est le nombre de fois où cette valeur apparaît.
- L'**effectif total** est le nombre total de données de la série statistique.

Nombre d'entraînements par semaine	1	2	3	4	5	6
Nombre total de ninjas	1	5	2	1	3	2

Ici, l'effectif total de ninjas = $1 + 5 + 2 + 1 + 3 + 2 = 14$

- Pour calculer une fréquence, on utilise la formule : **Fréquence** $= \dfrac{\text{Effectif}}{\text{Effectif total}}$

Ici, la fréquence des ninjas s'entraînant 2 fois par semaine est : $\dfrac{5}{14} \approx 0,357 = 35,7\ \%$

1 Naruto et Sakura font un jeu de dés.
Voici les résultats de tous leurs lancers.

3 2 1 2 6 2 1 4 5 1 5 6 3 4 6 2 1 5 3 4 1 3

Complète le tableau avec les données.

Résultat	1	2	3	4	5	6
Fréquence						

2 Observe le tableau que tu as complété et calcule l'effectif total.

3 Calcule à présent la fréquence d'apparition du résultat 1 et celle du résultat 6, en pourcentage.

4 Enfin, calcule la moyenne pondérée.

LE PRÉSENT DE L'IMPÉRATIF

Petit rappel de cours

L'**impératif** permet de **donner un ordre**. Il ne se conjugue qu'à **trois** personnes et ne comporte pas de sujet.

Manger	Être	Avoir
Mange	Sois	Aie
Mangeons	Soyons	Ayons
Mangez	Soyez	Ayez

1 Entoure les verbes conjugués au présent de l'impératif.

Bois

Souffla

Souris

Fuis

Veux

Tient

Allons

2 Conjugue ces verbes à la 2e personne du singulier de l'impératif présent.

a. Prendre → ....

b. Tenir → ....

c. Jouer → ....

d. Écrire → ....

e. Prévenir → ....

f. Attacher → ....

3 Complète le tableau de conjugaison.

Offrir	Venir	Vivre	Sortir	Comprendre
Offre	....	Vis	Sors	Comprends
....	....	Vivons	....	....
Offrez	Venez	Vivez	Sortez	....

4 Réécris ces phrases en employant l'impératif présent.

a. Tu ranges tes affaires. → ....

....

b. Tu ne dois pas parler. → ....

....

c. Nous devons suivre notre destin. → ....

....

d. Vous n'avez pas le droit de pénétrer ici. → ....

....

e. Nous viendrons demain. → ....

....

GESTION DE DONNÉES : ÉCHELLES ET RATIOS

Petit rappel de cours

- L'**échelle d'un plan** est le **coefficient de proportionnalité** qui permet de passer du dessin à la réalité.

  $\text{Échelle} = \frac{\text{Distance sur le plan}}{\text{Distance réelle}}$

- Une échelle se note toujours : $\frac{1}{...}$

  À l'échelle $\frac{1}{1\,000}$, 1 cm sur le plan équivaut à 1 000 cm en réalité.

- On calcule un **ratio** pour partager un tout à parts égales.

Si on partage 30 récompenses en 3 selon le ratio 2:3:1, on peut utiliser le tableau suivant :

2 + 3 + 1 → 6 ; × 5

Ratio	2	3	1	6
Récompenses	10	15	5	30

Cela veut dire que :

- **une personne aura 2 × 5 = 10 récompenses ;**
- **une autre aura 3 × 5 = 15 récompenses ;**
- **et la dernière aura 1 × 5 = 5 récompenses.**

1 Sakura observe une carte où 2 cm font 600 m en réalité. Complète le tableau puis la phrase.

Distance sur le plan	2 cm	1 cm
Distance réelle	600 m	....

1 cm sur le plan représente .... m en réalité, soit .... cm, donc l'échelle de la carte est de ....

2 Naruto observe un plan à l'échelle $\frac{1}{100}$. Il voit qu'il se situe sur le plan à 15 cm du temple Naka. À quelle distance se situe-t-il du temple en vrai ? En cm ? Et en m ? Construis un tableau de proportionnalité pour t'aider.

3 Naruto et Sakura ont obtenu des médailles. Sakura en a eu 5 et Naruto en a eu 15. Écris cette consigne sous forme de ratio.

....

....

....

....

....

4 Naruto, Sakura et Kakashi se partagent leur récolte de 243 champignons selon le ratio 1:5:3. Construis le tableau de ratio et détermine combien chacun a de champignons.

LE PRÉSENT DU SUBJONCTIF

Petit rappel de cours

Verbes du 1er groupe ou du 3e groupe comme manger, sortir…	Verbes du 2e groupe
Que je mang**e**	Que je fin**isse**
Que tu mang**es**	Que tu fin**isses**
Qu'il mang**e**	Qu'il fin**isse**
Que nous mang**ions**	Que nous fin**issions**
Que vous mang**iez**	Que vous fin**issiez**
Qu'ils mang**ent**	Qu'ils fin**issent**

1 Colorie les verbes conjugués au subjonctif.

Laisserai — Écoutai

Remplis — Parliez

Remplisse — Courons

Soyons — Coure

2 Indique l'infinitif de chaque verbe conjugué au présent du subjonctif.

a. Que nous puissions → ....

b. Que tu saches → ....

c. Que tu veuilles → ....

d. Que je prenne → ....

e. Que vous fassiez → ....

3 Conjugue ces verbes au présent du subjonctif à la 1re personne du singulier.

a. Prendre → Que je ....

b. Voir → Que je ....

c. Avoir → Que j' ....

d. Aimer → Que j' ....

e. Finir → Que je ....

4 Complète le tableau de conjugaison.

Convenir	Courir	Aller	Demander	Remplir
....	Que je coure	Que j'aille	....	....
Que tu conviennes	....	....	Que tu demandes	Que tu remplisses
Qu'il convienne	Qu'il coure	Qu'il aille	Qu'il demande	Qu'il remplisse
Que nous convenions	Que nous courions	Que nous allions	Que nous demandions	Que nous remplissions
Que vous conveniez	Que vous couriez	....	Que vous demandiez	....
....	Qu'ils courent	Qu'ils aillent	....	Qu'ils remplissent

VERS LES PROBABILITÉS

Petit rappel de cours

La **probabilité** est la chance entre 0 et 1 (ou entre 0 et 100 %) qu'un événement se produise.

Par exemple, si tu tires une pièce à pile ou face, tu as une chance sur deux de tomber sur pile et une chance sur deux de tomber sur face.

La probabilité de tomber sur pile est la même que celle de tomber sur face : $\frac{1}{2}$, soit 50 % de chances.

1 Naruto a lancé une pièce de monnaie. Combien y a-t-il d'issues possibles ? Quelles sont-elles ?

. . . .

. . . .

. . . .

2 Kakashi a disposé 9 shurikens dans une boîte : 6 usés et 3 neufs. Quelle est la probabilité de tirer au hasard un shuriken usé ? Et un neuf ?

. . . .

. . . .

3 Naruto a lancé un dé à 6 faces. Quelle est la probabilité qu'il obtienne un 3 ? Et combien a-t-il de chances d'obtenir un nombre pair ?

. . . .

4 Naruto et Sakura jouent à tirer des cartes au hasard dans un jeu de 32 cartes pour faire passer le temps. Quelle est la probabilité de tirer un 10 ?

. . . .

Quelle est la probabilité de tirer un roi ?

. . . .

Quelle est la probabilité de tirer un valet ou un roi ?

. . . .

Quelle est la probabilité de tirer un pique ?

. . . .

Indice : dans un jeu de 32 cartes, les cartes vont du 7 à l'as.

Direction de la publication : Carine Girac-Marinier
Direction éditoriale : Stéphanie Jouzier
Édition : Ella-Meï Tabernero Chaudet
Direction artistique : Uli Meindl
Conception graphique : Sophie Rivoire
Mise en page : SKGD-Création
Lecture-correction : Sophie Petitprêtre
Fabrication : Julie Joubin

21, rue du Montparnasse
75283 Paris Cedex 06

ISBN : 978-2-03-604626-9

PAPIER À BASE DE FIBRES CERTIFIÉES

LAROUSSE s'engage pour l'environnement en réduisant l'empreinte carbone de ses livres. Celle de cet exemplaire est de :
500 g éq. CO_2
Rendez-vous sur www.larousse-durable.fr

Achevé d'imprimer en Espagne par Macrolibros SL
Dépôt légal : avril 2023 – 332675/01
N° de projet : 11051774 – février 2023